insel taschenbuch 2389

Antonia S. Byatt

Die Geschichte von der ältesten Prinzessin

Antonia S. Byatt
Die Geschichte von der ältesten Prinzessin

und andere Märchen

Aus dem Englischen von
Melanie Walz

Insel Verlag

insel taschenbuch 2549
Erste Auflage 1999

Hinweise zu dieser Ausgabe am Schluß des Bandes
Vertrieb durch den Suhrkamp Taschenbuch Verlag
Umschlag nach Entwürfen von Willy Fleckhaus
Druck: Wagner GmbH, Nördlingen
Printed in Germany

1 2 3 4 5 6 - 04 03 02 01 00 99

Inhalt

Die Geschichte
von der ältesten Prinzessin 9
Der gläserne Sarg 45
Godes Geschichte 69
Der Schein trügt 83
Drachenodem 127

Nachwort 147
Textnachweise 166

Die Geschichte von der ältesten Prinzessin

Es waren einmal ein König und eine Königin, die hatten drei Töchter und lebten in einem Königreich, das zwischen dem Meer und den Bergen lag, zwischen Wald und Wüste. Die älteste Königstochter war blaß und still, die zweite Tochter war braun und tatkräftig, und die dritte war eines jener Sonntagskinder, die heiter und hübsch sind, lustig und liebenswert und von denen man alles und nichts erwartet.

Als die älteste Prinzessin geboren wurde, war der Himmel so blau wie Ehrenpreis, bedeckt mit großen, trägen, weißen Schäfchenwolken. Als die zweite Prinzessin geboren wurde, jagten graue und cremefarbene Federwolken über das Blau. Und als die dritte Prinzessin geboren wurde, war der Himmel eine spiegelglatte himmelblaue Fläche ohne das kleinste Wölkchen, so daß es fast scheinen wollte, als wäre das Blau mit Sonnengold gesprenkelt, doch das war Einbildung.

Als die Prinzessinnen herangewachsen waren, hatten die Dinge sich nachhaltig verändert. In ihrer Kindheit war es wiederholt zu stürmischen

Sonnenuntergängen gekommen, die meergrün und algengrün schattiert waren. Später gesellten sich den Sonnenuntergängen Sonnenaufgänge bei, deren Himmel wie Fischhaut oder wie die Unterwasserwelt lindengrün, flaschengrün oder anderweitig grün gekräuselt und getüpfelt waren, malachitgrün und jadegrün. Und als sie launische junge Mädchen waren, sprenkelten und durchzogen die Grüntöne das Blau und Grau den lieben langen Tag hindurch – Bronzegrün über Smaragdgrün bis hin zum zartesten Opalgrün, hier und da feurig überhaucht. Zu Anfang standen die Leute mit offenem Mund auf den Straßen und Feldern und sagten in den höchsten Tönen der Bewunderung und des Erstaunens Ah und Oh. Und eines schönen Tages sagte ein kleines Mädchen zu seiner Mutter, es sei nun drei Tage lang kein Blau zu sehen gewesen und es solle endlich wieder blauer Himmel sein. Und die Mutter sagte zu ihrem Kind, es solle brav und geduldig sein, der Wind werde den Himmel klären, und nach etwa einem Monat war der Himmel wieder oder großenteils blau, jedoch nur für ein paar Tage, und er war – wie die Leute nun merkten – auf unheimliche Weise mit Aquamarin gestreift. Und immer seltener war der Himmel blau, und immer öfter und immer verschiedenartiger war er grün, bis es eines Tages nicht mehr zu leugnen war, daß die Grundfarbe des Himmels nicht länger war, was man Himmelblau zu nennen pflegt, sondern ein neues Himmelgrün, ein blasses, mattes Grün, irgendwo zwischen den Farben angesiedelt, die einst Apfelgrün, Grasgrün und Farngrün geheißen hatten. Aber selbstverständlich sahen Apfelgrün, Grasgrün und Farngrün im neuen Licht ganz anders aus als zuvor, und Zitronen und Orangen widerfuhr etwas höchst Sonderbares und Mohnblüten, Granatäpfeln und reifen Pfefferschoten etwas noch weit Erschreckenderes und Drastischeres.

Die Leute, die zuerst bezaubert gewesen waren, wurden nun ungehalten und gaben, wie es nun einmal ihre Art ist, dem König und der Königin die Schuld am Verschwinden des Blaus des Himmels. Sie sandten Abordnungen, die die Wiederkehr des Blaus verlangten, und versammelten sich auf dem Platz vor dem Palast, wo sie in erregten Grüppchen ihrem Unmut Luft machten. Das Königspaar beriet sich untereinander und versicherte sich gegenseitig der Schuldlosigkeit am Ergrünen, aber beide waren beunruhigt, denn es liegt nun einmal in der Natur des Menschen, Menschen für alles, was geschieht, verantwortlich zu wähnen, sich selbst so gut wie andere. Und deshalb berieten sie sich mit den wichtigsten Ministern, mit den Priestern und einer repräsentativen Auswahl von Generälen, Hexen und Zauberern. Die Minister sagten, da sei nichts zu machen, wenngleich nichts dagegen spreche, einen Sonderfonds einzurichten, auf den man zurückgreifen könne, sobald man wisse, wie vorzugehen sei. Die Priester empfahlen Geduld und Selbstverleugnung als grundsätzliche Heilmaßnahme, den Verzicht auf Hülsenfrüchte und verstärkten Salatverzehr. Die Generäle vermuteten, daß es nicht schaden könne, die Nachbarländer im Osten anzugreifen, da es nie falsch sei, jemand anderem die Schuld geben zu können, und da das Volk durch die Aufmärsche und Schlachten abgelenkt würde.

Die Hexen und Zauberer rieten insgesamt eher zu einer Suche. Ein recht mächtiger und eher schweigsamer Zauberer, der sich in die Staatsgeschäfte nur selten, aber stets zu ihrem Vorteil eingemischt hatte, verließ seine Höhle und sagte, man müsse jemanden auf den Weg durch den Wald und durch die Wüste in die Berge entsenden, der den einzigen silbernen Vogel der Welt samt seinem Nest aus Eschenzweigen dort holen müsse. Dieser Vogel, so erklärte er, wurde im umzäunten Garten des Alten vom Berge gehalten, wo er aus der kristallenen Quelle des Lebens trank und durch ein Dornendickicht – wahrscheinlich giftige Dornen – und einen verschlungenen Ring bedrohlicher Giftschlangen geschützt war. Der Zauberer glaubte sich zu erinnern, daß man unterwegs Rat einholen konnte, wie die Wachsamkeit der Schlangen zu umgehen sei, aber der einzige Ratschlag, den er selbst zu geben vermochte, war der, daß man sich an den Weg halten und weder in den Wald noch in die Wüste hinauswandern, noch sich auf felsige Pfade verirren solle und daß man stets höflich sein solle. Und dann ging er in seine Höhle zurück.

König und Königin beriefen den Staatsrat ein, der aus ihnen, ihren Töchtern, dem obersten Minister und einer alten Herzogin bestand, um zu beraten, was zu tun sei. Der Minister riet zur Suche, die zeigen würde, daß man etwas unternahm, so daß das Volk beruhigt wurde und Aufstände nicht zu befürchten waren. Die zweite Prinzessin sagte, selbstverständlich werde sie sich auf den Weg machen, und die alte Herzogin schlief ein. Der König sagte, er sei der Ansicht, es habe auf ordentliche Weise zu geschehen,

und er sei der Ansicht, daß es Aufgabe der ältesten Prinzessin sei, sich aufzumachen, da sie als erste geboren war und sich am besten an den blauen Himmel erinnern konnte. Warum das wichtig sein sollte, wußte niemand, aber so schien es sich zu verhalten, und die älteste Prinzessin sagte, es sei ihr ein Vergnügen, noch am gleichen Tag aufzubrechen, wenn es das war, was der Rat für richtig befand.
Und so machte sie sich auf den Weg. Man gab ihr einen Degen mit und eine unerschöpfliche Wasserflasche, die irgend jemand von einer anderen Suche mitgebracht hatte, und eine Wegzehrung aus Brot, Wachteleiern, Salat und Granatäpfeln, die nicht sehr lange vorhielt. Alle fanden sich am Stadttor ein, um ihr Lebewohl zu wünschen, und ein Trompeter blies klare, silberne Töne in die Leere, die vor ihr lag, und ein Minister zog eine Karte des Wegs hervor, auf der einige Stellen genauer skizziert waren, besonders in der Wüste, wo die gerade Spur von Sandstürmen begraben sein konnte.
Die älteste Prinzessin kam auf dem Weg recht gut voran. Einige Male schien es ihr, als sehe sie vor sich eine alte Frau gehen, doch die Gestalt verschwand bei Wegbiegungen und in Senken und erschien längere Zeit nicht wieder und dann

nur für kurze Zeit, so daß die Prinzessin sich nie ganz schlüssig werden konnte, ob es sich um eine alte Frau oder um verschiedene alte Weiblein handelte. Sofern es jedoch überhaupt eines oder mehrere alte Weiber gab, befanden diese eine oder mehrere sich stets sehr weit von der Prinzessin entfernt und wanderten mit großer Schnelligkeit.

Am Weg entlang erstreckte sich der Wald. Hellgrüne Schneisen am Waldesrand, tiefer eindringende Pfade und hinter diesen dunkle, überwachsene Lichtungen. Vögel, die in den Bäumen zwitscherten, krächzten und raschelten, konnte die Prinzessin hören, aber nicht sehen. Und hin und wieder flatterten Schmetterlinge von den Schneisen auf den Weg, emsige kleine scharlachrote Exemplare, träge schwebende mitternachtsblaue, einmal ein handtellergroßer durchsichtiger Falter, schimmernde Hautflügel mit zwei goldenen Augen in der Mitte des Hinterflügels. Dieses Geschöpf schwebte über dem Weg und schien der Prinzessin einige Minuten lang zu folgen, ohne dabei jedoch eine unsichtbare Schranke zwischen Wald und Weg zu übertreten. Als es hinabtauchte und in das schattengetupfte Licht zwischen den Bäumen zurückflog, wäre die Prinzessin ihm gerne auf Gras und

Moos gefolgt und wußte doch, daß sie es nicht durfte. Inzwischen war sie ein wenig hungrig, wenigstens aber besaß sie die unerschöpfliche Wasserflasche.

Sie begann nachzudenken. Sie war von Natur aus eine lesehungrige, nicht eine abenteuerdurstige Prinzessin. Dies bedeutete, daß sie sowohl die neue Einsamkeit und das Wandern an der frischen Luft genossen als auch genug Geschichten gelesen hatte, die von Prinzen und Prinzessinnen handelten, die sich auf eine Suche machten, wie es bei ihr der Fall war. Ihnen allen, so überlegte sie, war ein Muster gemeinsam, das so aussah, daß die zwei älteren Schwestern oder Brüder voller Zuversicht auszogen, auf die eine oder andere Weise scheiterten und versteinert oder in Verliese eingesperrt oder in einen Zauberschlaf versenkt wurden, bis das dritte Königskind, dem alles gelang, sie rettete und die Suche zu einem erfolgreichen Ende brachte.

Sie dachte, daß es sie eigentlich nicht danach gelüstete, sieben Jahre ihres kurzen Lebens als Statue oder in Gefangenschaft zu verbringen, wenn es sich irgend verhindern ließ.

Sie dachte, daß sie natürlich auf der Hut und zu allen Passanten sehr höflich sein konnte (die

meisten älteren Prinzessinnen scheiterten aus mangelnder Höflichkeit und allzu großer Selbstgewißheit).
Auf dem Weg gab es niemanden, zu dem sie hätte höflich sein können, sah man von der alten Frau oder den alten Frauen ab, die oder die von Zeit zu Zeit in weiter Entfernung zu sehen war oder waren.
Sie dachte: Ich befinde mich in einem Muster, das ich kenne, und ich fürchte, es steht nicht in meiner Macht, es zu durchbrechen; ich werde einer Prüfung begegnen und werde sie nicht bestehen und muß dann sieben Jahre versteinert zubringen.
Das bedrückte sie so sehr, daß sie sich auf einen großen Stein setzte, der praktischerweise am Wegesrand lag, und zu weinen begann.
Ihr war, als spreche der Stein zu ihr, mit einer dünnen, knarrenden, raschelnden Stimme. »Laß mich raus«, sagte er, »ich kann nicht heraus.« Die Stimme klang wütend und gereizt.
Die Prinzessin sprang auf. »Wer bist du?« rief sie. »Wo bist du?«
»Ich bin unter diesem Stein eingequetscht«, brummte die Stimme. »Ich kann nicht heraus. Roll den Stein weg.«
Die Prinzessin berührte den Stein ein wenig

ängstlich und bewegte ihn. In einer Mulde darunter saß ein sehr großer und sehr staubiger Skorpion eingeklemmt, der erbost mit den Scheren fuchtelte und dessen Schwanz leicht lädiert aussah.

»Hast du gesprochen?«

»Allerdings! Ich habe geschrien! Es hat ja eine Ewigkeit gedauert, bis du mich gehört hast. Vor dir kam jemand diesen Weg gegangen und hat sich wie ein Sack auf diesen Stein gesetzt, als ich mich zur Abkühlung in die Mulde gelegt hatte, und hat meinen Schwanz eingezwickt, wie du siehst.«

»Es freut mich, daß ich helfen konnte«, sagte die Prinzessin aus sicherer Entfernung.

Der Skorpion antwortete nicht, weil er mit dem Versuch beschäftigt war, aufzustehen und sich zu bewegen. Das schien ihm Schmerzen zu bereiten; er wand sich und sackte zusammen und brummte übellaunig vor sich hin.

»Kann ich irgend etwas tun?« fragte die Prinzessin.

»Ich kann mir nicht vorstellen, daß du dich darauf verstehst, Wunden wie die meine zu heilen. Du könntest mich an den Waldrand bringen, wo ich jemandem begegnen könnte, der mich heilen kann, sofern diese Person den Weg noch einmal

gehen sollte. Ich nehme an, daß du wie alle übrigen blindlings drauflos rennst.«
»Ich bin ausgezogen, um den einzigen silbernen Vogel in seinem Nest aus Eschenzweigen zu finden.«
»Dann setzt du mich am besten auf ein großes Sauerampferblatt und machst, daß du weiterkommst. Ich nehme an, daß du es eilig hast.«
Die Prinzessin sah sich nach einem Sauerampferblatt um und fragte sich, ob dieses reizbare Geschöpf wohl ihre erste Prüfung darstellte, an der zu scheitern sie im Begriff stand. Sie wischte eine neue Träne weg und pflückte ein besonders dickes Blatt, das praktischerweise direkt am Wegesrand stand.
»Gut«, sagte das streitlustige kleine Tier, das sich aufrichtete und mit den Beinen wedelte. »Mach schnell, ich kann dieses Loch nicht länger ertragen. Warum hast du geweint?«
»Weil ich nicht die Prinzessin bin, der Erfolg beschieden ist, sondern eine der beiden, die scheitern, und weil ich keinen Ausweg sehen kann. Du wirst mich nicht dazu bringen, unhöflich zu dir zu sein, obwohl mir aufgefallen ist, daß dein eigenes Benehmen alles andere als untadelig ist, denn du hättest mir dafür danken müssen, daß ich den Stein weggerollt habe, und statt dessen

kommandierst du mich herum, ohne auch nur ›bitte‹ zu sagen oder darüber nachzudenken, daß Menschen sich davor ängstigen, einen Skorpion anzufassen.«

Sie hielt ihm unterdessen das Blatt hin und half ihm mit einem Stöckchen hinauf, so behutsam sie konnte, wenngleich der Skorpion dabei wütend schnappte und zuckte. Sie setzte das Blatt am Waldrand auf dem Gras ab.

»Wir Skorpione«, erklärte das Tier, »haben für gewöhnlich Besseres zu tun, als wahllos draufloszustechen. Wenn Geschöpfe deiner Art auf uns drauftreten, wehren wir uns selbstverständlich, und das tun wir auch, wenn wir uns bedrängt fühlen und uns fürchten. Aber für gewöhnlich haben wir Besseres zu tun.« Es schien nachzudenken. »*Wenn* man uns nicht den Schwanz einquetscht«, fügte es niedergeschlagen hinzu.

»Wer ist die Person«, fragte die Prinzessin höflich, »von der du dir Hilfe versprichst?«

»Oh, das ist eine weise Frau, eine sehr weise Frau, die am anderen Ende des Waldes lebt. Sie wüßte, was zu tun ist, aber sie geht nur selten aus, und warum sollte sie auch? Dort, wo sie lebt, hat sie alles, was sie braucht. Wenn dein Weg dich *dorthin* führen würde, dann könntest du mich ein wenig tragen, bis es mir besser geht.

Aber du mußt ja dringend diesen Weg entlang eilen. Adieu.«
Die Prinzessin mußte nirgends hineilen. Sie stand ganz still da und dachte nach. Dann sagte sie: »Auch diese Geschichte kenne ich. Ich trage dich und frage: Wirst du mich auch nicht stechen? Und du wirst sagen: Nein, es liegt nicht in meinem Interesse, dich zu stechen. Und wenn wir unterwegs sind, wirst du mich doch stechen, obwohl es uns beiden zum Schaden gereicht. Und ich werde dich fragen: Warum hast du das getan? Und du wirst antworten: Weil es in meiner Natur liegt.«
»Du bist eine sehr gebildete junge Dame, und wenn wir ein Wegstück lang miteinander reisen würden, könntest du mir zweifellos viele lehrreiche Geschichten erzählen. Ich könnte dich auch darauf aufmerksam machen, daß ich dich gar nicht stechen kann – mein Stachel ist durch die Verletzung am Schwanz beschädigt. Du kannst mich trotzdem abstoßend finden, wie deine Spezies es zu tun plegt. Und wie dem auch sei, du gehst ohnehin diesen Weg entlang, ohne nach rechts oder links abzuweichen. Adieu.«
Die Prinzessin betrachtete den Skorpion. Unter dem Staub glitzerte er mit seinen langen Scheren, seinen zierlichen Beinen und den feinteili-

gen Panzergliedern blauschwarz wie eine Halskette aus Jett. Die Scheren bildeten einen Halbmond vor dem Kopf. Seinem verwirrenden Blick standzuhalten fiel schwer.
»*Ich* finde dich sehr hübsch.«
»Selbstverständlich bin ich das. Ich bin flink und elegant und gewandt und entzückend feingliedrig. Dennoch überrascht mich, daß es dir auffällt.«
Die Prinzessin hörte die letzte Bemerkung nur mit halbem Ohr. Sie dachte angestrengt nach. Fast wie im Selbstgespräch sagte sie:
»Theoretisch könnte ich diese unerfreuliche Geschichte einfach verlassen und meiner eigenen Wege gehen. Theoretisch könnte ich einfach den Weg verlassen und auf eigene Faust im Wald nach Abenteuern Ausschau halten. Für die Suche wäre es egal. Indem ich den Weg verließe, wäre ich gescheitert, und die nächste Prinzessin könnte sich auf den Weg machen. Vorausgesetzt, ich würde nicht zur Strafe versteinert.«
»Ich glaube nicht, daß das passieren würde«, sagte der Skorpion. »Und mir könntest du tatsächlich einen großen Gefallen erweisen, wenn du nur wolltest, und auch ich kenne so manche Geschichte, und darin heißt es immer,

daß es eine gute Sache ist, anderen Geschöpfen zu Hilfe zu kommen.«
Die Prinzessin blickte in den Wald. Die grünen Zweige schwankten und rauschten höchst einladend unter dem grünen Himmel. Das Moos am Waldboden schimmerte weich und verlockend nach dem Staub und Schmutz des Weges. Die Prinzessin bückte sich und hob den Skorpion auf seinem Blatt empor und setzte ihn behutsam in den Korb, der ihre Vorräte enthalten hatte. Dann tat sie einen rebellischen Sprung von der Landstraße in den Wald und trat zwischen die Bäume. Der Skorpion sagte, sie solle in südwestliche Richtung gehen und er wisse ihr ein Dickicht mit Brombeeren und einen Baumstumpf mit Pilzen zu weisen, falls sie hungrig sei, und sie machten sich zu diesen Plätzen auf, und die Prinzessin bekam einen schwarzen Mund, ohne wirklich ganz satt zu werden.
Und sie wanderten und wanderten im grünüberwölbten Schatten, wo die Schmetterlinge den Kopf der Prinzessin umschwärmten und sich auf ihrem Haar und ihren Schultern niederließen. Und dann gelangten sie zu einer schattigen Lichtung voll grasüberwachsener Baumstümpfe und alter vertrockneter Wurzeln, und unter einer dieser Wurzeln entdeckte die

Prinzessin mit scharfem Blick eine sonderbare Unruhe. Sie blieb stehen, um nachzusehen, worum es sich handelte, und hörte ein heiseres Stimmchen, das immer wieder krächzte:

»Wasser, o bitte Wasser, wer mich hören kann, Wasser.«

Ein sandverkrustetes Wesen mit vier ungeschickten Beinchen und einem fetten kleinen Bauch kroch und taumelte über die harten Wurzeln. Die Prinzessin kniete nieder, ohne sich um das erboste Zischen des Skorpions zu scheren. Zwei klare schwarze Augen blickten sie aus dem sandigen Etwas an, und ein breites Maul öffnete sich zitternd und krächzte: »Wasser«. Die Prinzessin holte ihre unerschöpfliche Flasche hervor und tröpfelte Wasser in das Maul und wusch die Sandkruste ab und sah vor sich eine große, warzige, grün-goldene Kröte mit einem außergewöhnlich ausgeprägten fleischigen Höcker auf dem Kopf. Die Kröte blies ihre Kehle auf und hielt ihre kleinen Zehen in den Wasserstrahl. Als der Sand entfernt war, sah man auf ihrem Kopf eine klaffende Wunde.

»Oh, du bist ja verletzt«, rief die Prinzessin.

»Ein Mann«, sagte die Kröte, »dem man erzählt hatte, in meinem Kopf befinde sich ein großer Edelstein, fing mich ein und wollte den Stein aus meinem Kopf herausschneiden. Aber das mit dem Edelstein ist nur eine Geschichte, eine Menschenerfindung, die sich Geschöpfe erzählen, die ihre Köpfe und ihre Haut mit farbigen Steinen schmücken, denn ich bestehe nur aus Fleisch und Blut. Zu meinem Glück sondert meine Haut eine Substanz ab, die für Menschen leicht giftig ist, und die Finger des Mannes begannen zu jucken und zu schwellen, so daß ich mich befreien konnte und er mich fallen ließ. Aber ich glaube nicht, daß ich die Kraft habe, bis zu der Person zu gelangen, die mich heilen könnte.«

»Wir sind auf dem Weg zu ihr«, sagte der Skorpion. »Wenn du willst, nehmen wir dich mit. Du kannst im Vorratskorb der Prinzessin sitzen, der leer ist.«

»Ich komme gerne mit«, sagte die Kröte. »Sie darf nur nicht denken, ich könnte mich in einen schönen Prinzen verwandeln oder andere derartige Narreteien. Ich bin eine schöne Kröte oder wäre es, wenn man mich nicht malträtiert hätte. Und eine schöne Kröte werde ich bleiben.«

Die Prinzessin half der Kröte mit einem Stöckchen in ihren Korb und wanderte weiter durch den Wald, in die Richtung, die ihr der Skorpion wies. Tiefer und tiefer gelangten sie zwischen die

Bäume, und sie hatten den Eindruck, daß kein Pfad irgendwohin führte. Die Prinzessin war ein wenig müde, doch die kleinen Wesen drängten sie, so schnell wie möglich auszuschreiten, bevor die Nacht hereinbrach. Im zunehmenden Dämmerlicht wäre sie beinahe auf etwas getreten, was wie ein Garnknäuel aussah, das sich in den Wurzeln eines Dornbuschs verfangen hatte.
Die Prinzessin hielt inne und bückte sich. In die dünnen schwarzen Fäden war ein *Wesen* heillos verstrickt, das sich und sein Gefängnis aus Garn durch den Staub schleppte. Sie kniete sich auf den Waldboden und sah genau hin und erkannte, daß es sich um ein riesengroßes Insekt handelte, dessen Beine und Flügeldecken und Körpersegmente durch die verworrenen Fäden auseinandergezerrt waren. Die Prinzessin, die im Palast aufgewachsen war, hatte ein solches Geschöpf noch nie zu Augen bekommen.
»Es ist ein Kakerlak«, bemerkte der Skorpion.
»Ich hätte gedacht, daß Kakerlaken viel zu schlau und lebenstüchtig sind, um in so einen Schlamassel zu geraten.«
»Die Fäden sind eine Falle, die der Vogelfänger für Singvögel ausgelegt hat«, erklärte die Kröte.
»Aber er hat nur einen riesigen Kakerlaken gefangen.«

Die Prinzessin entwirrte einige Fäden, doch manche der Verknotungen schnitten in den Körper des Insekts ein, und sie befürchtete, es noch mehr zu verstümmeln. Das Geschöpf hockte stoisch im Staub und ließ sich von der Prinzessin hin- und herwenden. Es sagte nichts. Die Prinzessin sagte:
»Du kommst am besten mit uns. Wir befinden uns allem Anschein nach auf dem Weg zu einer Person, die dir helfen kann.«
Der Kakerlak schüttelte sich leicht. Die Prinzessin hob ihn auf und setzte ihn in ihren Korb, zu Skorpion und Kröte, die pikiert zur Seite rückten, um nicht mit ihm in Berührung zu kommen. Er hockte reglos in seinem Kokon aus schwarzem Garn und schwieg.
Und so wanderten sie viele Tage lang immer tiefer in den Wald hinein. Die kleinen Wesen sagten der Prinzessin, wo sie alle möglichen Nüsse und Kräuter und Beeren und wilden Pilze finden konnte, die sie aus eigenen Stücken niemals ausfindig gemacht hätte. Einmal hörten sie aus weiter Ferne etwas, was wie das fröhliche Pfeifen eines Menschen klang, mit Vogelschreien vermischt. Die Prinzessin hatte nicht übel Lust, diesen Tönen zu folgen, doch der Skorpion sagte, es sei der Vogelfänger, der so pfeife, und seine

Vogelschreie dienten dem Zweck, unvorsichtige Vögel zu verlocken, in seine unsichtbaren Netze zu fliegen und darin zu ersticken. Die Prinzessin empfand bei dieser Schilderung schreckliche Furcht, obgleich sie gar kein Vogel war, und befolgte die Anweisungen des Skorpions, tiefer in das dornige Gebüsch einzudringen. Ein andermal vernahm sie – abermals aus der Ferne – den kraftvollen, fröhlichen Ton eines Horns, der sie an die Jagdausritte in den königlichen Parks erinnerte, wo die jungen Höflinge mit ihren Pfeilen Rotwild und Hasen und Wildgeflügel zur Strecke brachten und die hübschen Maiden in die Hände klatschten und leise aufschrien. Wieder hatte sie nicht übel Lust, dem Ton zu folgen, und wieder brachten die Geschöpfe sie davon ab, es zu tun, denn die arme Kröte wurde aschfahl vor Furcht, als sie das Horn hörte, und begann im Korb zu zittern.

»Das ist der Jäger«, sagte sie, »der mit seinem Jagdmesser an meinem Kopf herumgeschnitten hat, der die kalten Leichname von Vögeln und Wildtieren aneinandergebunden über die Schulter geschlungen trägt, wenn er die Wälder durchstreift, der zum Vergnügen sein Gewehr auf jedes helle Auge anlegt, das er im Gebüsch blitzen sieht, und ihm das Leben nimmt. Du

darfst ihm nicht nahe kommen.« Und die Prinzessin drang noch tiefer in die dornigen Büsche ein, obwohl sie sich in ihrem Haar verfingen und ihr Kleid zerrissen und ihre hübschen Arme und ihren Hals zerkratzten.
Und eines Tages hörte die Prinzessin um die Mittagszeit eine laute, klare Stimme auf einer Lichtung singen, und als sie durch einen Dornbusch spähte, erblickte sie einen großgewachsenen, braungebrannten Mann mit nacktem Oberkörper und mit einem schwarzen Lockenkopf, der sich auf eine Axt mit langem Stiel lehnte und sang:

Komm in mein Haus, geliebter Schatz,
Wo Ungemach uns niemals droht,
Voll Heiterkeit du singen magst,
Wenn butterst du und backst das Brot.
Und nachts im warmen Federbett
Ruhst du an meines Herzens Glut.

Fast hätte die Prinzessin ihr Versteck verlassen – denn er besaß ein so herzliches Lächeln und sah so gut aus –, als ein heiseres Stimmchen sich in ihrem Korb erhob, ein Stimmchen, das klang wie raschelnde Sägespäne und das sang:

Sollst scheuern, schrubben Tag und Nacht
Mit müden Gliedern in deiner Not,
Und meine Schläge treiben dir
Das Wasser in die Augen rot,
Bis eine andre setze ich
An deinen Platz, bist du erst tot.

»Warst du das?« fragte die Prinzessin flüsternd den Kakerlaken. Und der Kakerlak wisperte zurück:
»Ich habe in seinem Haus gewohnt, einer finsteren Höhle voll leerer Bierkästen und alter Flaschen. In seinem Garten sind fünf junge Frauen beerdigt, die er prügelte, wenn ihn betrunken der Jähzorn übermannte. Er hat sie nicht ermordet, mit der Sentimentalität des Betrunkenen weint er um sie, aber sie haben den Lebenswillen verloren. Halte dich vom Holzfäller fern, wenn dir etwas an deinem Leben liegt.«
Es fiel der Prinzessin schwer, solche Dinge über den Holzfäller zu glauben, der so fröhlich und gesund aussah. Sie hegte sogar den Gedanken, daß den kleinen Wesen daran gelegen sei, sie daran zu hindern, sich mit anderen Menschen aufzuhalten, doch ihre Warnungen berührten in ihr etwas, was nicht verweilen wollte, sondern weiterwandern, und deshalb machte sie sich lei-

se wieder auf den Weg, und der Holzfäller sollte nie erfahren, daß sie sein Lied gehört hatte, daß sie ihn gesehen hatte, wie er sich auf seine Axt lehnte und so stattlich aussah.
Sie wanderten und wanderten und gelangten immer tiefer in den Wald, und es hungerte die Prinzessin ganz schrecklich nach Brot und Butter, vielleicht weil sie das Lied des Holzfällers gehört hatte. Die Beeren, die sie aß, schmeckten immer wäßriger und waren immer schwerer zu finden, je dichter der Wald wurde. Der Kakerlak hockte wie leblos im Korb, vielleicht weil ihn das Sprechen so erschöpft hatte. Die Prinzessin fühlte sich zur Eile angespornt, weil sie um sein Leben fürchtete, und die zwei anderen Geschöpfe beklagten sich wiederholt über ihre Ungeschicklichkeit. Und eines Abends, als der Himmel gerade sein tiefstes Tannengrün erlangte, das an die Stelle dunklen Indigoblaus getreten war, bat der Skorpion sie inständig, innezuhalten und über Nacht zu rasten, weil sein Schwanz unerträglich schmerzte. Und die Kröte stimmte mit ihrer krächzenden Stimme ein und bat, mit Wasser übergossen zu werden. Die Prinzessin hielt inne und wusch die Kröte und richtete ein neues Blatt für den Skorpion her und sagte: »Manchmal kommt es mir vor, als sollten wir für

den Rest unseres Lebens so weiterwandern, scheinbar mit einem Ziel, doch in Wirklichkeit ohne je irgendwo anzukommen.«

»In welchem Falle«, brummte der Skorpion, »mein Leben nicht mehr lange währen wird, wie ich befürchte.«

»Ich habe mich bemüht zu helfen«, sagte die Prinzessin, »aber vielleicht hätte ich nie den Weg verlassen dürfen.«

Und in diesem Augenblick ließ sich die dünne Stimme wieder vernehmen.

»Wenn du weitergehst und dich dann nach links wendest und noch einmal nach links, wirst du schon sehen. Wenn du jetzt weitergehst.«

Und die Prinzessin nahm den Korb auf und zog ihre Sandalen wieder an die geschwollenen Füße und ging weiter und dann nach links und nochmals nach links. Und durch das Gebüsch sah sie ein Licht tanzen, sehr gelb, sehr warm. Und sie ging weiter, und ganz in der Ferne sah sie am Ende eines Pfades voller spitzer Steine, der mit Rosen überwachsen war, zwischen Zweigen ein Fenster hervorlugen, in dem eine Kerze stetig brannte. Und obwohl sie in ihrem behüteten Leben nie zuvor in der Dunkelheit weit gewandert war, wußte sie, daß sie mit einem Gefühl großer Hoffnung und Wärme und Erleichterung und einem kleinen Frösteln der Furcht das erblickte, was zahllose von der Nacht überraschte Wanderer vor ihr erblickt hatten – wenn auch vor einem mitternachtsblauen und nicht mitternachtsgrünen Himmel –, und sie empfand große Nähe zu all den verspätet Heimkehrenden und denen, die ein Obdach suchten.

»Ist es nicht die Hütte des Holzfällers?« fragte sie den Kakerlaken, und der Kakerlak antwortete seufzend: »Nein, nein, es ist das letzte Haus, es ist das Haus, das wir suchen.«

Und die Prinzessin rannte und stolperte und humpelte und trippelte und gelangte so zu dem Häuschen aus bemoostem Stein mit einem Schieferdach über einer niedrigen Dachrinne und mit einer dicken Holztür über der weißen Schwelle. Aus dem Kamin kam der gute, scharfe Geruch eines Holzfeuers. Die Prinzessin fürchtete sich mit einemmal, weil sie inzwischen die Einsamkeit gewohnt war und es gewohnt war, sich selbst zu helfen und weiterzuwandern, aber sie klopfte rasch und wartete ab.

Eine alte Frau öffnete die Tür, eine alte Frau in einem einfachen grauen Kleid und mit einem klugen Gesicht voll verästelter feiner Falten, die aussahen wie ein Spinnennetz, gewoben aus ihrer Geschichte, einem Gesicht, das sowohl ent-

schlossen als auch nachdenklich und sanftmütig wirkte. Unter großen purpurnen Lidern hatte sie wache grüne Augen, und ihr Haar war zu einer Krone aus herrlich glänzenden eisengrauen, silbrigen und strahlendweißen Flechten aufgesteckt. Als sie die Tür öffnete, wurde die Prinzessin beinahe ohnmächtig von dem köstlichen Geruch backenden Brotes, der nach draußen drang, vermischt mit anderen köstlichen Gerüchen wie dem von Backäpfeln mit Zimt, von Erdbeertorte, von frischkaramelisiertem Zucker.
»Wir haben euch erwartet«, sagte die alte Frau. »Wir haben die ganze Woche über jeden Abend eine Kerze für euch ins Fenster gestellt.«
Sie nahm den Korb der Prinzessin und geleitete sie ins Haus. Im Kamin brannte ein Feuer aus dicken Scheiten auf einem Bett rotglühender Asche, und an einem langen weißen Holztisch standen buntbemalte Stühle, und überall spiegelte der Lichtschein sich in glitzernden, glänzenden Augenpaaren. Augen waren auf dem Kamin, in der Wanduhr, hinter den Tellern auf der Anrichte, jettschwarze Augen, glasgrüne Augen, große, gelbe Augen, bernsteingoldene Augen, sogar rosenrote Augen. Und das, was die Prinzessin zuerst für einen vielfarbigen Teppich gehalten hatte, raschelte und bewegte sich und

schimmerte voller Augen und erwies sich als eine Vielzahl lebender Tiere, Schlangen und Heuschrecken, Käfer und Hummeln, Mäuse und Wühlmäuse und junge Eulen und Fledermäuse, ein Wiesel und ein paar Gottesanbeterinnen. Auch größere Tiere waren da – Katzen und Ratten und Dachse und Kätzchen und eine weiße Ziege. Ein leises, friedliches, lebhaftes Konzert des Tschilpens und Piepsens vieler Stimmchen war zu vernehmen, Ausdruck des Begrüßens und des Staunens. In einer Ecke stand eine Spindel und in einer anderen ein Webstuhl, und die alte Dame hatte einen kompliziert aussehenden Schal beiseite gelegt, den sie aus Wollresten in einem regenbogenfarbenen Korb häkelte.

»Einer von euch bedarf der Nahrung«, sagte die alte Frau, »und die drei anderen bedürfen der Heilung.«

Und die Prinzessin wurde mit köstlicher Suppe und frischem Brot und Obsttorte mit dicker Sahne und einem Becher sauren Apfelweins bewirtet, und die alte Frau setzte die drei kleinen Wesen auf den Tisch und heilte sie auf ihre Weise. Diese Weise bestand darin, daß sie sich von ihnen die Geschichte ihrer Verwundung erzählen ließ, und während sie erzählten, trug sie mit feinen Federpinseln und kleinen beinernen Stäbchen Salbe und Medizin auf; sie glättete und schiente den Schwanz des Skorpions, während dieser die Geschichte seiner Verletzung brummte, sie reinigte den Kopf der Kröte und nähte ihn mit etwas, was aussah wie Spinnwebfäden, und sie entwirrte die Fäden, in denen der Kakerlak gefangen war, mit beinahe unsichtbaren Haken und Pinzetten. Dann fragte sie die Prinzessin, wie ihre Geschichte laute, und die Prinzessin erzählte sie nach bestem Vermögen; sie erlebte abermals den Augenblick, als sie begriffen hatte, daß sie zwangsläufig scheitern mußte, sie ahmte das Brummen des Skorpions nach und das krächzende Quaken der Kröte und das heisere Flüstern des Kakerlaken. Sie brachte die Gefahren des Waldes an das warme Feuer, und alle Tiere erschauerten bei der Vorstellung vom Pfeil des Jägers, von den Fallen des Vogelfängers und der Axt des Holzfällers. Und beim Erzählen der Geschichte empfand die Prinzessin ungetrübtes Vergnügen daran, sie richtig zu erzählen, so wie es sich gehörte, das richtige Wort zu finden und sogar – so mutig war sie – die richtige Geste, um Schattenzweige und Schattengestalten vor dem flackernden Feuerschein und dem stillen gelben Kerzenschein an der Wand erste-

hen zu lassen. Und als sie schwieg, gab es vielerlei Beifall, harmonisches Flügelscharren und Klauentrampeln und Rascheln und Tschilpen.
»Du bist eine geborene Geschichtenerzählerin«, sagte die alte Dame. »Du warst verständig genug zu merken, daß du in einer Geschichte gefangen warst, und verständig genug zu merken, daß du sie in eine andere verwandeln konntest. Und du warst so klug zu erkennen, daß du einer Verwünschung unterlagst – und auch das ist eine besondere Gnade –, so daß die Geschichte für dich interessanter war als die Elemente, aus denen sie besteht. Andere junge Frauen hätten nie auf die Geschichten der kleinen Wesen über die Männer im Wald gehört, sondern hätten selbst herausfinden wollen, wie es sich damit verhält. Und vielleicht wäre das klug von ihnen, und vielleicht wäre das töricht, aber *das* ist *ihre* Geschichte. Du aber hast auf den Kakerlaken gehört und bist vom Weg abgegangen und hierher gekommen, wo wir Geschichten sammeln und Geschichten spinnen und heilen, was wir heilen können, und untersuchen, was wir nicht heilen können, und friedlich leben, ohne die Welt verändern zu wollen. Wir haben keine Geschichte von unserem Leben hier, wir sind frei, so frei, wie es alte Weiber sind, die sich keine Gedanken über Prinzen

oder Königreiche machen müssen, sondern für sich alleine tanzen und sich um die Tiere kümmern.«
»Aber –«, sagte die Prinzessin und verstummte.
»Aber?«
»Aber der Himmel ist immer noch grün, und ich bin gescheitert, und ich habe die Geschichte nur zu meinem eigenen Vergnügen erzählt.«
»Grün ist eine wunderschöne Farbe oder eine wunderschöne Farbfolge, will mir scheinen«, sagte die alte Dame. »Uns hier erfreut die grüne Farbe. Wir schreiben Lieder über das Grün und fertigen Tapisserien mit Himmeln in allen nur denkbaren Grünschattierungen. Es verstärkt die Schönheit des Wassermolchs und der Eidechse. Der Kakerlak empfindet es als beruhigend. Warum sollen die Dinge so werden, wie sie immer waren?«
Die Prinzessin wußte darauf keine Antwort, doch sie war unglücklich. Und die Tiere versammelten sich um sie herum, um sie zu trösten und sie davon zu überzeugen, daß sie am besten friedlich in dem Häuschen leben sollte, was zu tun sie sich wünschte, denn sie hatte den Eindruck, ein Zuhause erreicht zu haben, wo sie frei sein konnte. Aber sie machte sich Sorgen wegen des Himmels und wegen der anderen Prinzessin-

nen. Und da zirpte der Kakerlak zu der alten Dame:
»Erzähl uns den Rest der Geschichte, erzähl uns das Ende der Geschichte, das Ende der Geschichte, die die Prinzessin verlassen hat.«
Es ging ihm schon sichtlich besser; seine Segmente glänzten wieder, und er konnte sich fast genüßlich krümmen.
»Nun, gut«, sagte die alte Dame, »dies hier ist die Geschichte von der ältesten Prinzessin. Doch wie ihr so scharfsichtig bemerkt, gehören die Geschichten der zwei Jüngeren zu der der Ältesten, und deshalb werde ich euch diese Geschichten oder möglichen Geschichten erzählen – möglich, denn vieles kann geschehen und geschieht, Geschichten verändern sich von allein, und unsere Geschichten sind nicht Geschichte, nichts, was geschehen ist. Es liegt also in eurer Hand, ob ihr meine kurzen Geschichten über die mittlere und die jüngste Prinzessin glaubt oder nicht, ganz wie ihr wollt.«
»Ich glaube Geschichten immer, solange sie erzählt werden«, sagte der Kakerlak.
»Du bist ein kluges Geschöpf«, sagte die alte Frau. »Dafür sind die Geschichten da. Und später werden wir sehen, was wir sehen werden.«
Und sie erzählte.

Die kurze Geschichte von der zweiten Prinzessin

Als die zweite Prinzessin begriff, daß die erste nicht zurückkehren würde, machte auch sie sich auf und begegnete den gleichen Schwierigkeiten und Freuden und setzte sich auf denselben Stein und begriff, daß sie in der gleichen Geschichte gefangen war. Aber als entschlossene junge Frau wollte sie sich von einer Geschichte nicht einschüchtern lassen, und sie ging weiter, und nach vielen Abenteuern gelang es ihr, den einzigen silbernen Vogel mit seinem Nest aus Zweigen in ihren Besitz zu bringen und triumphierend in den Palast ihres Vaters zurückzukehren. Und der alte Zauberer sagte ihr, sie müsse die Zweige anzünden und den Vogel verbrennen, und obgleich sie sich bei diesem Gedanken nicht sehr wohl in ihrer Haut fühlte, war sie entschlossen zu tun, was sie zu tun hatte, und entzündete das Feuer. Und Nest und Vogel verbrannten, und aus der Asche flog ein neuer, herrlicher Vogel empor und berührte den Himmel mit seinem brennenden Schweif, und alles wurde wieder blau, wie es einst gewesen war. Und die Prinzessin wurde Königin, als ihre Eltern starben, und regierte das Volk klug und umsichtig, wenngleich dieses nicht aufhören konnte zu murren, weil ihm die Vielfalt weicher und strenger Grüntöne fehlte, die es einstmals hatte sehen können.

Die kurze Geschichte von der dritten Prinzessin

Die dritte Prinzessin nun ging in den Garten, als der feurige Vogel den Himmel berührte, und dachte: Ich muß auf keine Suche gehen. Ich muß überhaupt gar nichts tun, ich kann tun, wonach mir der Sinn steht. Ich habe keine Geschichte. Und die Leere rings um sie ließ sie Schwindel verspüren, ein nicht unbedingt angenehmes Gefühl. Und ein kühler Windhauch erhob sich und fuhr in ihr Haar und in ihre Unterröcke und blies Blütenblätter über den ganzen blauen Himmel. Und es wollte der Prinzessin vorkommen, als würde sie umhergewirbelt wie die Kirschblüten. Und da erblickte sie eine alte Frau mit einem Korb am Gartentor. Und sie ging auf sie zu, und als sie sie erreichte, sagte die alte Frau ihr geradewegs ins Gesicht: »Du bist unglücklich, weil du nichts zu tun hast.«
Und die Prinzessin erkannte, daß es sich um eine

weise alte Frau handelte, und erwiderte höflich, daß es sich in der Tat so verhalte.

»Ich könnte dir helfen«, sagte die alte Frau. »Oder auch nicht. Du darfst einen Blick in meinen Korb tun.«

Im Korb befanden sich ein Zauberspiegel, in dem die Prinzessin den sehen konnte, der für sie bestimmt war, wo immer er sich befinden mochte, was immer er tun mochte, und ein Zauberwebstuhl, auf dem man Tapisserien weben konnte, die an den Palastwänden lebendig wurden, als wären es Dickichte mit Singvögeln und Waldwege, die bis an den Rand des Gesichtsfeldes zu reichen schienen.

»Oder ich könnte dir einen Faden schenken«, sagte die alte Frau, als sie die Prinzessin zögern sah, die zögerte, weil sie den, der für sie bestimmt war, nicht sehen wollte, noch nicht, denn er war das *Ende* von Geschichten, die noch gar keinen Anfang hatten, und weil sie keine Zauberwälder weben wollte, sondern echte Wälder erleben wollte. Und sie sah zu, wie die alte Dame aus dem Gras etwas aufhob, was wie einer der langen, glitzernden Fäden aussah, die Spinnen hinterlassen, wenn sie in der Morgendämmerung durch die Luft gleiten. Und der Faden war so stark wie ein leinener Faden und so fein wie ein seidener Faden, und als die alte Frau ein wenig daran zog, straffte er sich, und man sah, daß er weit weg verlief, aus dem Garten hinaus, über die Wiese, in die Wälder und außer Sichtweite.

»Roll ihn auf«, sagte die alte Frau, »und sieh, wohin er dich führen wird.«

Der Faden glitzerte und zitterte, und die Prinzessin begann, ihn ordentlich aufzurollen und ging ein paar Schritte voran und hob den Faden auf und rollte ihn zu einem Ball auf und folgte ihm, aus dem Garten hinaus, über die Wiese, in die Wälder und ... aber das ist eine andere Geschichte.

»Sagen Sie mir eines«, sagte die älteste Prinzessin zu der alten Frau, als alle ihrer Geschichte Beifall gespendet hatten. Der Mond schien an einem smaragdgrünen Himmel, und alle Tiere schlummerten und raschelten. »Sagen Sie mir eines. Waren Sie das vor mir auf dem Weg, in so großer Eile?«

»Bei jeder Reise ist eine alte Frau vor dir unterwegs und eine alte Frau hinter dir, und sie sind nicht immer ein und dieselbe, und sie können furchterregend oder freundlich sein, gefährlich oder erfreulich, je nachdem wie der Weg verläuft

und du ihn entlangeilst. Gewiß war ich vor dir und auch hinter dir, aber nicht ich allein und nicht nur als die, die ich jetzt bin.«
»Ich bin glücklich, bei Ihnen als der, die Sie jetzt sind, zu sein.«
»Dann ist es ein guter Ort, um sich zur Ruhe zu begeben und mit dem Geschichtenerzählen aufzuhören bis zum Morgen, der seine eigenen Veränderungen mit sich bringen wird.«
Und sie gingen zu Bett und schliefen, bis die Sonne den apfelgrünen Horizont mit grasgoldenem Licht zu streifen begann.

Der gläserne Sarg

Es war einmal ein Schneiderlein von bescheidenem und gütigem Wesen, das eines Tages einen finsteren Wald durchquerte – vielleicht auf der Suche nach Arbeit, denn in jenen Tagen mußte man weit gehen, um sein Brot mehr schlecht als recht zu verdienen, und die Arbeit eines guten Handwerkers, wie unser Held einer war, war weit weniger angesehen als billiges Flickwerk, das nicht passen wollte und bald auseinanderfiel. Er glaubte, er würde schon auf irgend jemanden treffen, der seine Dienste brauchen konnte, denn er war ein unverbesserlicher Optimist und erwartete jeden Augenblick eine Zufallsbegegnung von der Hand eines günstigen Schicksals, obwohl dies unwahrscheinlicher und unwahrscheinlicher ward, als er sich immer tiefer in den dunklen, dichten Wald vorwagte, wo selbst das Mondlicht nur noch als bläulicher Schimmer auf dem Moos dumpf leuchtete. Doch er erreichte ein Häuschen auf einer Lichtung mitten im Wald, das ihn zu erwarten schien, und der gelbe Lichtschein, der zwischen den Läden hervordrang, erquickte sein Herz. Er nahm seinen Mut zusammen und klopfte keck an die Tür, und im Haus raschelte es und klapperte es, und die Tür wurde einen Spaltbreit geöffnet, und vor ihm stand ein kleiner Mann mit einem Gesicht von aschgrauer Farbe und einem ebensolchen langen Bart.

»Ich bin ein Reisender und habe mich im Wald verirrt«, sagte unser Schneiderlein, »und ich bin ein Handwerksmeister, der Arbeit sucht.«

»Einen Handwerksmeister benötige ich nicht«, sagte der kleine graue Mann. »Und ich fürchte mich vor Dieben. Ich kann dich nicht hereinlassen.«

»Wäre ich ein Dieb, hätte ich mir mit Gewalt Zutritt verschaffen oder mich heimlich in dein Haus schleichen können«, sagte das Schneiderlein. »Ich bin ein ehrlicher Schneider.«

Hinter dem kleinen Mann stand ein großer grauer Hund, so groß wie der kleine Mann, mit roten Augen, und sein Atem war so heiß wie Dampf. Dieses furchterregende Tier hatte anfangs geknurrt, aber nun winselte es freundlich und wedelte mit dem Schwanz, und der kleine graue Mann sagte: »Otto ist der Ansicht, daß du eine ehrliche Haut bist. Du kannst bei uns ein Bett bekommen, wenn du uns beim Kochen und Aufräumen und Arbeiten hilfst.«

Und so durfte der Schneider eintreten, und er

betrat einen merkwürdigen Haushalt. Auf einem Schaukelstuhl hockte ein buntgefiederter Hahn mit seiner weißen Gefährtin. Vor dem Feuer stand eine schwarz-weiß-gefleckte Ziege mit kleinen Hörnern und Augen wie aus Bernstein, und vor dem Herd lag eine fette Katze, deren Fell in allen Farben schillerte und deren grüne Augen, in denen die Pupillen schwarze Schlitze waren, unser Schneiderlein anblickten. Und hinter dem Tisch war eine zierliche Kuh mit dunklem Fell und großen, sanften, braunen Augen, mit milchigem Atem und einem warmen, feuchten Maul. »Guten Morgen«, sagte das Schneiderlein zu dieser Gesellschaft, denn er war ein wohlerzogener Mann, und die Tiere sahen ihn sehr aufmerksam an, als verstünden sie jedes Wort.

»Zu essen und zu trinken findest du in der Küche«, sagte der kleine graue Mann. »Bereite uns etwas zu essen, dann werden wir gemeinsam speisen.«

Und das Schneiderlein machte sich daran, aus Mehl und Fleisch und Zwiebeln, die er in der Küche vorfand, eine herrliche Pastete zu verfertigen, die er am Ende mit wunderschönen Blättern und Blumen aus Teig verzierte, denn das war er seinem Handwerkerstolz schuldig, selbst wenn er das eigene Handwerk nicht ausüben konnte. Und als die Pastete buk, brachte er der Kuh Heu und dem Hahn und der Henne goldene Körner und der Katze Milch und dem Hund Knochen und Fleischreste. Und als unser Schneider und der kleine graue Mann die Pastete verzehrten, deren warmer Duft das kleine Haus erfüllte, sagte der kleine graue Mann: »Otto hat sich nicht getäuscht, du bist eine gute und ehrliche Haut; du vergißt keines der Wesen, die hier sind, du hast nichts versäumt und nichts vergessen. Für deine Güte werde ich dir ein Geschenk machen. Welches dieser drei Dinge wünschst du dir?«

Und er legte drei Dinge vor den Schneider hin. Das erste war eine kleine Börse aus weichem Leder, die klingelte, als er sie hinlegte. Das zweite war ein Kochtopf, außen schwarz und innen gescheuert, daß er glänzte, fest und rund. Und das dritte war ein kleiner gläserner Schlüssel von zierlichster Gestalt, der in allen Farben des Regenbogens glitzerte. Und der Schneider sah zu den Tieren hin, ob die ihm wohl einen Rat geben könnten, und sie sahen ihn alle mit mildem Blick an. Und da dachte er sich: »Ich habe wohl von solchen Geschenken gehört, die das Waldvolk einem macht. Das erste mag eine Börse sein, die niemals leer ist, und das zweite ein Topf, der immer, wenn man es auf die rechte Weise verlangt, eine gute Mahlzeit kocht. Von solchen Dingen habe ich gehört, und ich habe Männer gekannt, die aus solchen Börsen bezahlt wurden und aus solchen Töpfen gegessen haben. Von einem gläsernen Schlüssel aber habe ich noch nie gehört, und ich kann mir nicht denken, wozu er gut sein mag; er würde gewiß in jedem Schloß zerbrechen.« Doch sein Herz verlangte es nach dem gläsernen Schlüssel, weil er ein Handwerksmeister war und wußte, daß es großer Meisterschaft bedurft hatte, um den zierlichen Bart zu blasen, und weil er sich um sein Leben nicht vorstellen konnte, wozu der Schlüssel dienen mochte, und weil die Neugier eine mächtige Antriebskraft des Menschen ist. Und deshalb sagte er zu dem kleinen Mann: »Ich will den hübschen gläsernen Schlüssel.« Und der kleine Mann erwiderte: »Du hast nicht weise, sondern kühn gewählt. Der Schlüssel ist der Schlüssel zu Abenteuern, wenn du bereit bist, sie zu suchen.«

»Warum nicht« sagte der Schneider, »da meine Kunst an diesem unwirtlichen Ort nicht gefragt ist und da ich nicht weise gewählt habe.«

Und da kamen die Tiere näher mit ihrem warmen, milden Atem, der nach Heu und Sommer duftete, und mit ihrem sanften, trostreichen Blick, der kein menschlicher Blick war, und der Hund legte seinen Kopf schwer auf den Fuß des Schneiders, und die buntscheckige Katze setzte sich auf die Armlehne seines Stuhls.
»Du mußt dieses Haus verlassen«, sagte der kleine graue Mann, »und den Westwind rufen und ihm den Schlüssel zeigen, wenn er kommt, und du mußt dich ohne Widerstreben von ihm tragen lassen, wohin er will. Wehrst du dich oder stellst du ihm Fragen, wird er dich in eine Dornenhecke werfen, und du wirst viel Ungemach zu erdulden haben, bis du dich daraus befreien kannst. Wenn er dich mitnimmt, wird er dich in einer Heide auf einem grauen Stein absetzen, einem Stein aus Granit, der die Pforte zu deinem Abenteuer ist, auch wenn es dir scheinen will, als läge er seit Anbeginn der Welt unverrückt an seinem Ort. Auf diesen Stein mußt du eine Schwanzfeder unseres Hähnchens legen, die es dir aus freien Stücken geben wird, und die Tür wird sich öffnen. Du mußt ohne Furcht und ohne Zögern in die Tiefe hinabsteigen, tiefer und tiefer; du wirst sehen, daß der gläserne Schlüssel Licht auf deinen Weg wirft, wenn du

ihn vor dich hältst. Nach einiger Zeit wirst du in einen steinernen Raum gelangen, aus dem zwei Türen in verzweigte Gänge führen, denen du nicht folgen darfst, und wo eine dritte, niedrige Tür, die ein Vorhang verhüllt, deiner harrt. Du darfst den Vorhang nicht berühren, sondern mußt mit der milchweißen Feder darüberstreichen, die unsere Henne dir geben wird, und der Vorhang wird sich lautlos öffnen, wie von unsichtbaren Händen bewegt, und die Türen hinter ihm werden geöffnet sein, und du wirst einen Saal betreten, wo du finden wirst, was du finden sollst.«

»Ich will es wagen«, sagte das Schneiderlein, »obwohl ich mich vor den dunklen Orten unter der Erde rechtschaffen fürchte – den Stellen, an die kein Lichtstrahl dringt und über denen nur Düsternis und Schwere ist.« Und Hahn und Henne ließen ihn eine schimmernde kohlschwarze und smaragdgrüne Feder und eine weiche, weiße Feder nehmen, und er nahm Abschied von ihnen allen und trat auf die Lichtung hinaus und hielt seinen Schlüssel empor und rief den Westwind.

Ei, welch köstlicher Schauder durchfuhr ihn, als ihn der Westwind mit seinen langen, luftigen Armen ergriff und an den Bäumen vorbei in die

Lüfte hob, so daß die Blätter zitterten und raschelten und säuselten und die Strohhalme vor dem Haus tanzten und der Staub zu kleinen Fontänen aufgewirbelt wurde! Die Bäume, die in den Windstößen schwankten, haschten mit ihren knotigen Zweigen nach ihm, als er zwischen ihnen vorbeifuhr, und dann spürte er, daß der unsichtbare Wind ihn an seine Brust drückte und mitnahm, ohne in seinem rasenden Lauf den Himmel entlang innezuhalten. Er vertraute sich dem luftigen Kissen an und jammerte nicht und wehrte sich nicht, und der seufzende Gesang des Westwinds hüllte ihn ein mit seinem feinen Regen, den aufblitzenden Sonnenstrahlen, den dahinziehenden Wolken und dem flackernden Licht der Sterne.

Wie der kleine graue Mann es ihm vorausgesagt hatte, setzte der Wind ihn auf einem großen, grauen Granitbrocken ab, dessen Oberfläche zerfurcht und narbig und leer war. Er hörte den Wind heulend davonfliegen und bückte sich, um die Hahnenfeder auf den Stein zu legen, und – siehe da – mit lautem Knarren und Knirschen bewegte sich der große Stein in die Höhe und verschwand dann im Erdreich, als hätte er Angeln, wobei Erdboden und Heide sich wie träges Meereswasser teilten, und unter den Wurzeln des Heidekrauts und den Wurzelknorren des Stechginsters wurde ein dunkler Gang sichtbar, aus dem es feucht und kalt wehte. Und er nahm seinen Mut zusammen und trat hinein und dachte dabei an die Decke aus Gestein und Erdreich und Moor, die über seinem Kopf lastete, und die Luft war klamm und der Boden naß. Da fiel ihm der kleine Schlüssel ein; er hielt ihn vor sich hin, und der Schlüssel verströmte ein schwach glimmendes Licht, das die Stufen, die nach unten führten, eine nach der anderen in einen silbrigen Schimmer tauchte. So gelangte er in den Raum mit den Türen, und unter zweien der Türen leuchtete ein verlockender, warmer Lichtschein hervor, während die dritte Tür von einem modrig riechenden ledernen Vorhang verdeckt war. Er berührte den Vorhang ganz leise mit der Spitze der weichen Hennenfeder, und der Vorhang öffnete sich und faltete sich zusammen wie Fledermausflügel, und hinter ihm führte eine ebenfalls geöffnete kleine Tür in ein winziges dunkles Loch, so winzig, daß es ihn dünkte, er könne sich nie und nimmer hineinzwängen. Es wurde ihm ängstlich zumute, denn von diesem engen Ort hatte sein grauer Freund nichts gesagt, und er fürchtete, dieses Wagnis nicht zu überleben.

Er warf einen Blick zurück, und er sah, daß der Gang, aus dem er gekommen war, sich in nichts von zahllosen anderen Gängen unterschied, die alle gleichermaßen verwinkelt und gewunden waren, und er erkannte, daß er niemals den Weg zurückfinden würde und besser daran täte, weiterzugehen und zu sehen, was seiner harrte. Es erforderte allen Mut, der ihm verblieben war, den Kopf in die dunkle Öffnung zu stecken, und er schloß die Augen, als er sich in das enge Loch hineinwand, und öffnete sie wieder, als er in einen Raum purzelte, einen großen Raum aus Stein, den ein unbestimmtes, schwaches Licht erfüllte, das das Glimmen seines Schlüssels übertönte. Es wollte ihm wie ein Wunder erscheinen, daß der Schlüssel nicht zerbrochen war, aber er hielt ihn unversehrt in der Hand, ohne den kleinsten Kratzer. Er sah sich um, und drei Dinge weckten seine Neugier: Das erste war ein großer Haufen von staub- und spinnwebenbedeckten Flaschen und Glasgefäßen, das zweite war eine mannshohe Glaskuppel, ein wenig größer als unser Held und Schneiderlein, und das dritte war ein blinkender gläserner Sarg, der auf einem vergoldeten und mit einem reichverzierten samtenen Bahrtuch bedeckten Gestell ruhte. Und von diesen drei Dingen ging das

Licht aus, das schimmerte wie Perlen im Wasser, wie das Meeresleuchten, das nächtens auf der Oberfläche der Südsee entsteht oder sein weißliches Licht über die silbrigen Untiefen unseres heimatlichen Ärmelkanals wirft.
Dies, dachte er, muß mein Abenteuer sein: eines dieser drei Dinge oder alle drei. Er sah sich die vielfarbigen Flaschen an, die rot und grün und blau und bernsteingelb waren und nichts weiter zu enthalten schienen als hier eine Spur von Rauch, dort ein paar Tropfen Flüssigkeit. Eine jede von ihnen war sorgsam zugekorkt und versiegelt, und unser Schneiderlein war bedächtig genug, sie nicht aufzubrechen, sondern abzuwarten, bis er sich an diesem Ort besser auskannte und wußte, was zu tun war.
Er trat zu der Glaskuppel – einer Kuppel, ähnlich den wunderlichen Glasstürzen in den Salons eurer Eltern, unter denen bunte kleine Vögel so natürlich auf ihren Ästen sitzen, als wären sie lebendig, oder Schwärme von Motten und Schmetterlingen kauern. Vielleicht habt ihr auch einmal eine Glaskugel gesehen, die ein Häuschen birgt und in der es zu schneien beginnt, wenn man sie schüttelt. Die Glaskuppel hier enthielt ein Schloß in einem wunderschönen Park mit Bäumen und Terrassen und Gär-

ten und Fischteichen und Kletterrosen und bunten Fahnen, die von seinen Türmen hingen. Es war ein prächtiger Anblick, an dem man sich nicht sattsehen konnte: die unzähligen Fenster und die Wendeltreppen und der Rasen und eine Schaukel in einem der Bäume, kurzum, alles, was man sich nur wünschen konnte, nur daß alles unbeweglich war und so klein, daß es eines Vergrößerungsglases bedurfte, wollte man die Feinheiten und Einzelheiten untersuchen. Das Schneiderlein, das stolz darauf war, ein Handwerker zu sein, der sich auf sein Gewerbe verstand, war voller Staunen ob dieser exzellenten Arbeit und konnte sich gar nicht vorstellen, mit welchen zierlichen Geräten oder Instrumenten dergleichen sich fertigen ließ. Es wischte ein wenig Staub von der Glaskuppel, um ihren Inhalt besser bewundern zu können, und dann trat es zu dem gläsernen Sarg.

Ist euch jemals aufgefallen, wie still und ruhig das Wasser eines Flusses zu strömen scheint, wenn dieser sich einem Wasserfall nähert und die Wasserpflanzen unter seiner Oberläche wie unbewegt der Strömung folgen? Unter dem dicken Glas des Sarges lag ein dichtes Gespinst langer, goldener Fäden, deren Schlingen und Knäuel ihn ausfüllten, so daß es dem Schneiderlein scheinen wollte, als sei es auf eine Kiste voll gesponnenen Goldes gestoßen, aus dem sich goldene Gewänder schneidern ließen. Doch dann erblickte er zwischen den Strähnen ein Gesicht, und es war das schönste Gesicht, das er sich je hätte vorstellen oder erträumen können, ein stilles, weißes Gesicht, auf dessen marmornen Wangen goldene Wimpern ruhten und das einen wunderschönen blassen Mund besaß. Das goldene Haar umhüllte die Schlafende wie ein Mantel; daß sie schlief und nicht tot war, konnte er daran erkennen, daß lose Strähnen, die sich auf ihr Gesicht verirrt hatten, im Hauch ihres Atems leise bebten. Und er erkannte, daß das wahre Abenteuer, wie es nun einmal üblich ist, in der Befreiung der Schläferin bestehen würde und daß diese seine dankbare Braut sein würde. Sie lag so schön und friedlich da, daß es ihm widerstrebte, sie zu wecken. Gern hätte er gewußt, wie sie hergekommen war und wie lange sie schon dort ruhte und wic ihre Stimme klingen mochte und tausend andere Lächerlichkeiten, während sie ein- und ausatmete und die goldenen Strähnen leise bebten.

Und mit einemmal sah er ein kleines Schlüsselloch in einer Seite des Sargs, der so glatt war wie ein Ei von grünlichem Eis, und er wußte, daß dies das Schlüsselloch für seinen kleinen, zaubermächtigen Schlüssel war, und mit einem leisen Seufzer steckte er den Schlüssel hinein und wartete ab. Und der kleine Schlüssel glitt in das Schlüsselloch und schmolz auf der Stelle, ohne eine Spur von Schlüssel und Schlüsselloch zu hinterlassen, so daß die ganze Oberfläche des Sarges glatt und eben war. Und dann zerbrach der gläserne Sarg sehr ordentlich und mit glockenhellem Klingen in viele lange Splitter, die leise klirrend den Boden berührten. Und die blasse Schläferin öffnete ihre Augen, die so blau waren wie Vergißmeinnicht oder der Sommerhimmel, und das Schneiderlein, das wußte, was es zu tun hatte, beugte sich nieder und küßte die marmorne Wange.

»Du bist es«, sagte die junge Frau, »du bist derjenige, auf den ich gewartet habe, der mich aus meiner Verzauberung erlöst. Du bist der Prinz.«

»O nein«, sagte unser Held, »das ist ein Irrtum. Ich bin nicht mehr – und nicht weniger – als ein guter Handwerker, ein Schneider, auf der Suche nach Arbeit, ehrlicher Arbeit, um mein Brot zu verdienen.«

Da lachte die junge Frau fröhlich, und ihre Stimme klang von Augenblick zu Augenblick kräftiger nach den Jahren des Schweigens, bis das

Gelächter in dem wunderlichen Gewölbe widerhallte und die Glassplitter klingelten wie zerbrochene Glocken.

»Du wirst niemals wieder darauf angewiesen sein, dein Brot zu verdienen, wenn du mir hilfst, diesen unheimlichen Ort zu verlassen«, sagte sie. »Siehst du das herrliche Schloß unter jener Glaskuppel?«

»Gewiß, und ich bewundere die Fertigkeit dessen, der es geschaffen hat.«

»Es ist nicht das Werk menschlicher Kunstfertigkeit, sondern Schwarzer Magie, denn es ist das Schloß, in dem ich lebte und dessen Wälder und Wiesen ich mit meinem geliebten Bruder durchstreifte, bis eines Nachts ein Schwarzkünstler Schutz vor stürmischem Wetter suchte. Ich besaß einen Zwillingsbruder, der so schön war wie der helle Tag und so sanftmütig wie ein Rehkalb und so gut wie frisches Brot, den ich so innig liebte und der mich so innig liebte, daß wir einander gelobt hatten, niemals zu heiraten, sondern bis ans Ende unserer Tage friedlich miteinander in unserem Schloß zu leben und den ganzen lieben Tag lang zu jagen und uns zu vergnügen. Doch als der Fremde in jener stürmischen Nacht mit seinem nassen Hut und dem Mantel, von dem das Regenwasser lief, und mit seinem falschen Lächeln an unsere Tür klopfte, öffnete mein Bruder ihm bereitwillig und bewirtete ihn mit Fleisch und Wein und gab ihm ein Bett für die Nacht und sang und spielte Karten mit ihm und saß am Feuer und redete von der weiten Welt und ihren Abenteuern. Es stimmte mich mißvergnügt und sogar ein wenig traurig, daß mein Bruder an der Gesellschaft eines Fremden soviel Gefallen fand, und ich ging früh zu Bett und lauschte dem Heulen des Westwinds, der um die Türme und Zinnen brauste, und nach einer Weile fiel ich in einen unruhigen Schlummer, aus dem mich die Töne einer unbekannten und wunderschön klingenden Musik weckten, die überall um mich herum zu hören waren. Ich setzte mich im Bett auf und blickte um mich, und ich sah, wie die Tür meines Gemachs sich langsam öffnete und der Fremde hereinschritt, nicht mehr durchnäßt, mit schwarzen Locken und einem tückischen Lächeln in seinem Gesicht. Ich konnte mich nicht rühren; es war, als wäre mein Körper gefesselt und mein Mund zugebunden. Er sagte zu mir, daß er mir nichts Böses wolle, sondern ein Zauberer sei und die Musik für mich hergezaubert habe und daß er mich zu heiraten wünsche, um friedlich mit mir und meinem Bruder in unserem Schloß zu leben. Und ich sagte – antworten konnte ich ihm –, daß es mich nicht danach gelüste zu heiraten und daß ich nur den Wunsch hätte, ledig und glücklich mit meinem geliebten Bruder zu leben. Darauf sagte er, daß dies nicht möglich sei, daß er meine Hand erlangen würde, ob ich es wolle oder nicht, und daß mein Bruder in dieser Angelegenheit so denke wie er. Ich sagte, das würden wir sehen, und er antwortete frech, während die unsichtbaren Instrumente im ganzen Zimmer klangen und seufzten und dröhnten: ›Sieh nur zu, aber sprechen wirst du über das, was in diesem Raum vor sich gegangen ist, nicht, denn ich habe deinen Mund so gut versiegelt, als hätte ich dir die Zunge herausgeschnitten.‹

Am nächsten Tag wollte ich meinen Bruder warnen, doch es war so, wie der Schwarzkünstler gesagt hatte. Sobald ich den Mund öffnete, um über seine Drohungen zu sprechen, waren meine Lippen wie zugenäht, und meine Zunge war wie gelähmt.

Es stand mir frei, um das Salz zu bitten oder über das schlechte Wetter zu sprechen, und so fiel meinem Bruder zu meinem großen Kummer nichts an mir auf, und er machte sich fröhlich auf, um mit seinem neuen Freund zu jagen, während ich am Herd sitzen blieb und schweren Herzens an die Zukunft dachte. Den ganzen Tag wartete ich, und am Spätnachmittag, als die Schatten auf dem Rasen immer länger wurden und die letzten Sonnenstrahlen grell und kalt schienen, wußte ich mit Gewißheit, daß etwas Schreckliches geschehen war, und lief aus dem Schloß in die dunklen Wälder. Und aus den dunklen Wäldern kam der schwarze Mann, der mit einer Hand sein Pferd führte und mit der anderen einen großen, grauen Hund, der eine so traurige Miene hatte, wie ich sie an noch keiner Kreatur je sah. Er sagte zu mir, mein Bruder habe plötzlich den Entschluß gefaßt fortzugehen und werde für eine lange und ungewisse Zeitspanne nicht wiederkehren und habe mich und das Schloß seiner, des Schwarzen Magiers, Obhut anvertraut. Er erzählte mir dies leichthin, als sei es ihm gleichgültig, ob ich ihm glaubte oder nicht. Ich sagte, niemals würde ich mich seiner Willkür fügen, und ich war froh, meine Stimme fest und klar zu hören, denn ich hatte befürchtet, meine Lippen möchten wieder versiegelt sein. Als ich sprach, tropften große Tränen aus den Augen des grauen Hundes, immer mehr und immer schwerere Tränen, und ich ahnte, daß dieses Tier mein Bruder sein mußte, der durch schwarze Künste in ein armes, hilfloses Geschöpf verwandelt worden war. Das empörte mich, und ich sagte zu dem Schwarzkünstler, daß er niemals mit meiner Einwilligung mein Haus betreten oder sich mir nähern würde, und er sagte, es sei in der Tat so, daß er ohne meine Einwilligung nichts vermöge und deshalb Sorge tragen wolle, sie zu erlangen. Und ich sagte, dies werde nie der Fall sein und er solle es sich aus dem Kopf schlagen. Daraufhin wurde er ungehalten und drohte mir, mich der Sprache auf immer zu berauben, wenn ich nicht einwilligte. Ich sagte, ohne meinen geliebten Bruder hätte ich niemanden, mit dem zu sprechen mich gelüste, und es kümmere mich wenig, wo ich mich befände. Daraufhin sagte er, ich würde schon sehen, ob ich nach hundert Jahren in einem Sarg aus Glas immer noch so dächte. Er bewegte seine Hände ein paarmal, und das Schloß schrumpfte zu dem zusammen, was du hier siehst, und er bewegte sie nochmals, und es war von der Glaskuppel umgeben, die du hier siehst. Und mein Gesinde, meine Diener und Mägde, hat er in die Flaschen gesperrt, die du hier siehst, und mich hat er in den gläsernen Sarg gesperrt, in dem du mich gefunden hast. Und wenn du mich willst, so verlassen wir diesen Ort,

bevor der Zauberer zurückkehrt, denn das tut er von Zeit zu Zeit, um zu sehen, ob ich nachgebe.«
»Gewiß will ich dich«, sagte das Schneiderlein, »denn du bist das Wunder, das mir versprochen war und das mein verschwundener gläserner Schlüssel befreit hat, und schon jetzt liebe ich dich von ganzem Herzen. Warum jedoch du mich wollen solltest, nur weil ich den Sarg geöffnet habe, scheint mir weit weniger verständlich, und ich hoffe, wenn du erst in deine Rechte wieder eingesetzt bist und wieder über dein Land und deine Leute gebietest, wirst du dir auch das Recht zugestehen, noch einmal darüber nachzudenken und ledig zu bleiben, wenn das dein Wunsch ist. Ich bin ausreichend damit belohnt, das herrliche goldene Gespinst deines Haars erblickt und deine weiße und zarte Wange mit meinen Lippen berührt zu haben.« Und ihr dürft euch wohl fragen, meine lieben unschuldigen Leser, ob diese Worte mehr von seiner Güte oder seiner Schläue künden, denn die Prinzessin schien gar so großen Wert darauf zu legen, ihre Hand aus freien Stücken zu gewähren, und das Schloß mitsamt seinen Gärten, auch wenn es jetzt den Ausmaßen von Nadeln und Fingernägeln und Fingerhüten entsprach, war ein präch-

tiger, vornehmer Herrensitz, auf dem ein jeder mit Vergnügen residiert hätte. Daraufhin errötete die schöne Dame, und ihre marmornen Wangen färbten sich rosig, und sie sagte mit leiser Stimme, daß der Zauberspruch nun einmal besage, daß der Kuß nach erfolgter Zerstörung des gläsernen Sarges ein Versprechen bedeute, wie es in der Natur von Küssen liegt, ob sie freiwillig oder unfreiwillig gewährt werden. Während sie damit beschäftigt waren, die moralischen Spitzfindigkeiten der Situation zu erörtern, in der sie sich befanden, war plötzlich ein Rauschen und eine Melodie zu vernehmen, und die Dame sagte voller Besorgnis, der Schwarzkünstler sei auf dem Weg zu ihnen. Und unserem Helden wurde nun recht furchtsam zumute, denn sein kleiner grauer Mentor hatte ihm für diese Situation keine Instruktionen mitgegeben. Sei's drum, dachte er, ich muß die Dame beschützen, so gut ich kann, denn ich stehe in ihrer Schuld, und ich habe sie nicht aus Schlaf und Schweigen befreit, um sie schnöde im Stich zu lassen. Außer seinen spitzen Nadeln und seiner Schere führte er keine Waffe mit sich, doch es kam ihm der Gedanke, daß er sich die Glassplitter des zerbrochenen Sarkophags zunutze machen könne, und er ergriff den größten und spitzesten Splitter und

wand seine lederne Schürze als Griff darum und wartete.
Auf der Türschwelle erschien der Schwarzkünstler, in einen wehenden schwarzen Umhang gehüllt, mit einem furchterregenden Lächeln, und das Schneiderlein zitterte und streckte gottergeben seinen Splitter vor, denn es war fest davon überzeugt, daß sein Widersacher den Splitter durch Zauberei abwehren oder seine Hand erstarren lassen würde. Doch der Zauberer näherte sich nur unverwandt und streckte eine Hand aus, um die Dame zu berühren, und in diesem Moment richtete unser Held seine Waffe auf das Herz des Zauberers und durchbohrte es, so daß der Splitter tief eindrang und der Zauberer tot zu Boden fiel. Und siehe da, sogleich begann er vor ihren Augen zu schrumpfen und zu verdorren, bis nur noch eine Handvoll Staub und Glasglimmer zu sehen war. Und dann weinte die Dame ein paar Tränen und sagte, der Schneider habe sie nun gleich zweimal gerettet und sei in jeder Hinsicht ihrer Hand wert. Und sie klatschte in die Hände, und sofort erhob sich alles in die Luft – Mann, Frau, Schloß, Glasgefäße, Staubhäufchen – und wurde auf einem kühlen Hügel abgesetzt, wo der kleine graue Mann mit Otto, dem Hund, bereits wartete.

Und gewiß, meine scharfsinnigen Leser, habt ihr längst begriffen, daß Otto der nämliche Hund war, in den der Bruder der schönen Schläferin verzaubert worden war. Sie umarmte seinen struppigen grauen Hals und weinte große Tränen, und als ihre Tränen sich mit den Tränen vermischten, die aus den Augen des Tieres tropften, da war der Zauber gebrochen, und vor ihr stand ein Jüngling mit goldenem Haar in Jagdkleidung. Und sie fielen sich um den Hals und hielten einander lange in den Armen, weil ihre Herzen übervoll waren. Unterdessen hatte das Schneiderlein zusammen mit dem kleinen grauen Mann die Glaskuppel um das Schloß mit der Hahnenfeder und der Hennenfeder berührt, und unter lautem Rumpeln und Rauschen wurde das Schloß sichtbar, wie es immer ausgesehen haben mußte, mit herrlichen Treppen und unzähligen Türen. Und dann entkorkten der Schneider und der kleine graue Mann die Flaschen und Gefäße, und Rauch und Flüssigkeiten stiegen zischend aus ihnen empor und verwandelten sich in Männer und Frauen, in Butler und Förster und Köchin und Stubenmädchen, und alle waren sie sehr verwundert, sich an diesem Ort wiederzufinden. Dann erzählte die Dame ihrem Bruder, daß das Schneiderlein sie aus ihrem Schlaf erlöst und den Schwarzkünstler getötet und ihre Hand gewonnen habe, und der Jüngling sagte, der Schneider habe sich ihm gegenüber freundlich erwiesen, und er solle mit ihnen in ihrem Schloß leben und glücklich sein bis ans Ende seiner Tage. Und so geschah es, und wenn sie nicht gestorben sind, dann leben sie noch heute. Der Jüngling und seine Schwester gingen in den Wäldern auf die Jagd, und unser Schneiderlein, dessen Neigungen anders geartet waren, blieb zu Hause und war des Abends fröhlich und vergnügt mit ihnen. Nur eines ging ihm ab: Ein Handwerker kann nicht sein, ohne sein Gewerbe auszuüben, und deshalb ließ es sich die herrlichsten Seidenstoffe und glänzendsten Garne bringen und fertigte zum Vergnügen, was es einst aus Not hatte fertigen müssen.

Godes Geschichte

Es war einmal ein junger Seemann, der nichts besaß als seinen Mut und seine blitzenden Augen – die jedoch blitzten hell, so hell – und die Kraft, die ihm die Götter gegeben hatten, nicht eben wenig Kraft.
Er war keine gute Partie für die Mädchen aus dem Dorf, denn es hieß, er sei nicht nur arm, sondern auch unbesonnen, doch die jungen Mädchen sahen ihm nach, wenn er vorbeiging, wie ihr euch denken könnt, und am liebsten sahen sie ihn tanzen mit seinen langen, langen Beinen und seinen geschickten Füßen und seinem lachenden Mund.

Und mehr als alle anderen liebte es die Tochter des Müllers, ihn zu sehen, ein schönes, stattliches und stolzes Mädchen, das drei breite Samtbänder am Rock trug und ihn nicht merken ließ, wie gern es ihn sah, sondern aus dem Augenwinkel mit glänzenden Augen nach ihm sah, wenn er es nicht merkte. Und viele taten das, denn so ist es immer. Die einen werden angesehen, und die anderen können sich nach einem bewundernden Blick verzehren, bis sie der Teufel holt, denn

der Heilige Geist macht die Menschen krumm oder gerade, und daran ist nichts zu ändern.
Und der junge Mann kam und ging, denn sein Herz hing an den weiten Reisen, er zog den Walen nach bis über das Ende der Welt hinaus, dorthin, wo das Meer kocht und die großen Fische wie versunkene Inseln in ihm schwimmen und die Meerjungfrauen mit ihren Spiegeln und ihren grünen Schuppen und ihrem gewundenen Haar singen, wenn man den Erzählungen glauben darf. Er war als erster im Ausguck, und seine Harpune war die tödlichste, aber Geld verdiente er keines, denn den Gewinn strich der Schiffseigner allein ein, und deshalb kam und ging er.
Und als er einmal kam, saß er auf dem Platz und erzählte, was er erlebt hatte, und alle lauschten ihm. Und die Müllerstochter kam dazu, so sauber und stolz und adrett, und er sah, daß sie am Rande lauschte, und er sagte, er werde ihr ein seidenes Band aus dem Osten mitbringen, wenn sie wolle. Und sie sagte kein Wort, nicht nein und nicht ja, aber er sah wohl, daß sie es wollte.
Und er ging wieder davon und holte in einem jener Länder, wo die Frauen goldene Haut haben und Haar wie schwarze Seide, von der Tochter

eines Seidenhändlers das Band, denn auch dort lieben es die Frauen, einen Mann mit langen, langen Beinen und geschickten Füßen und einem lachenden Mund tanzen zu sehen. Und er sagte zur Tochter des Seidenhändlers, er werde wiederkommen, und er brachte das seidene Band, in duftendes Papier eingeschlagen, und beim nächsten Dorftanz gab er es der Müllerstochter und sagte: »Hier ist dein Band.«
Und ihr Herz klopfte gewaltig gegen ihre Rippen, das könnt ihr mir glauben, aber sie bezwang sich und fragte kühl, was sie ihm dafür zu bezahlen habe. Es war ein wunderschönes Band, ein Seidenband in allen Farben des Regenbogens, wie man es in diesem Teil der Welt noch nie gesehen hatte.
Und er war sehr ärgerlich darüber, daß sein Geschenk so behandelt wurde, und sagte, sie habe dafür zu bezahlen, was es die gekostet hatte, von der er es geholt hatte. Und sie sagte:
»Was war es?«
Und er sagte: »Schlaflose Nächte, bis ich wiederkomme.«
Und sie sagte: »Der Preis ist zu hoch.«
Und er sagte: »Der Preis ist festgesetzt, und du mußt ihn zahlen.«
Und sie zahlte ihn, das könnt ihr mir glauben,

denn er sah, wie es um sie stand, und ein Mann, der in seinem Stolz verletzt ist, nimmt sich, was er haben kann, und er nahm es sich, denn sie hatte ihn tanzen gesehen, und sie war ganz verdreht und verrückt in Geist und Verstand durch seinen Stolz und sein Tanzen.
Und er fragte, ob sie auf ihn warten werde, bis er wiederkomme und ihren Vater um ihre Hand bitte, wenn er wieder fortgehe und irgendwo in der Welt eine Zukunft finde.
Und sie sagte: »Lang werde ich warten müssen, wenn ich auf dich warte, der du in jedem Hafen eine Frau auf dich warten hast, ein Band, das auf jedem Kai in jeder Brise flattert.«
Und er sagte: »Du wirst warten.«
Und sie sagte kein Wort, nicht nein und nicht ja.
Und er sagte: »Du bist eine Frau mit einem verwünschten Gemüt, aber ich werde wiederkommen, und dann werden wir sehen.«

Und nach einiger Zeit sahen die Leute, daß ihre Schönheit verschwand und ihr Schritt zu einem Kriechen wurde und daß sie den Kopf nicht mehr erhoben hielt und plump und schwerfällig am ganzen Körper wurde. Und sie begann, im Hafen zu warten, um zu sehen, welche Schiffe einliefen, und obwohl sie nach niemandem fragte, wußte ein jeder sehr wohl, warum sie da war und auf wen sie wartete. Aber sie sagte nichts, kein Wort. Doch sah man sie dort oben, wo die Kapelle Unserer Heiligen Frau ist, und sie betete, wie man wohl annehmen muß, wenngleich niemand ihre Gebete hörte.

Und nach noch längerer Zeit, als viele Schiffe gekommen und abgefahren waren und andere wiederum Schiffbruch erlitten und ihre Besatzungen verloren hatten, niemand jedoch von diesem einen Schiff etwas gehört oder gesehen hatte, war es dem Müller, als höre er in seiner Scheune eine Eule schreien oder eine Katze maunzen, doch als er hinkam, war nichts und niemand dort zu sehen als Blut auf dem Stroh. Und er rief seine Tochter, und sie kam und war totenblaß und rieb sich die Augen wie schlaftrunken, und er sagte: »Auf dem Stroh ist Blut«, und sie sagte: »Ich wäre dir dankbar, wenn du mich nicht aus dem Schlaf wecken würdest, um mir zu sagen, daß der Hund in der Scheune eine Ratte getötet oder die Katze dort eine Maus gefressen hat.«
Und alle sahen, wie weiß sie war, aber sie hielt sich aufrecht, die Kerze in der Hand, und alle gingen ins Haus zurück.

Und dann kam das Schiff zurück, vom Meer in den Hafen, und der junge Mann sprang an Land, um zu sehen, ob sie auf ihn wartete, und sie war nicht da. Nun hatte er sie in Gedanken überall auf der Welt vor sich gesehen, klar und deutlich, wie sie auf ihn wartete, mit ihrem stolzen, hübschen Gesicht und dem bunten Band in der Brise, und sein Herz verhärtete sich, wie ihr verstehen werdet, weil sie nicht gekommen war. Aber er fragte nicht nach ihr, sondern küßte die Mädchen und lächelte und lief den Hügel hoch zu seinem Haus.

Und da sah er etwas, ein bleiches Wesen, das sich im Schatten einer Mauer dahinschleppte, mühsam und zögernd. Und er erkannte sie nicht sogleich. Und sie dachte, sie könne unerkannt vorbeikriechen, da sie so verändert war.

Er sagte: »Du bist nicht gekommen.«
Und sie sagte: »Ich konnte es nicht.«
Und er sagte: »Aber trotzdem bist du hier auf der Straße.«
Und sie sagte: »Ich bin nicht mehr, was ich war.«
Und er sagte: »Was schert mich das? Du bist nicht gekommen.«
Und sie sagte: »Es mag dich nichts scheren, aber

mir bedeutet es etwas. Die Zeit ist nicht stehengeblieben. Was vergangen ist, ist vergangen. Ich muß weitergehen.«
Und sie ging.

Und an jenem Abend tanzte er mit Jeanne, der Tochter des Schmiedes, die schöne weiße Zähne und rundliche kleine Hände wie dicke Rosenknospen hatte.
Und am Tag darauf suchte er die Müllerstochter und fand sie in der Kapelle auf dem Hügel.
Er sagte: »Komm mit mir herunter.«
Sie sagte: »Hörst du kleine Füße tanzen, nackte kleine Füße?«
Und er sagte: »Nein. Ich höre das Meer, das auf den Strand trifft, und den Wind, der über das dürre Gras streicht, und den Wetterhahn, der sich im Wind dreht und knarrt.«
Und sie sagte: »Die ganze Nacht haben sie in meinem Kopf getanzt, so herum und anders herum, so daß ich nicht schlafen konnte.«
Und er: »Komm mit mir herunter.«
Und sie: »Aber hörst du das Tanzen denn nicht?«

Und so ging es eine Woche oder einen Monat oder zwei Monate lang – er tanzte mit Jeanne

und ging zur Kapelle hoch, wo er von der Müllerstochter immer nur die eine Antwort bekam, und zu guter Letzt wurde er es müde, wie es bei unbesonnenen und schmucken Männern geschieht, und er sagte: »Ich habe gewartet, obwohl du nicht gewartet hast. Komm nun, oder ich warte nicht länger.«
Und sie: »Wie kann ich kommen, wenn du das kleine Ding nicht tanzen hören kannst?«
Und er sagte: »Dann bleib bei deinem kleinen Ding, wenn du es lieber hast als mich.«
Und sie sagte kein Wort, sondern lauschte auf das Meer und den Wind und den Wetterhahn, und er ließ sie allein.

Und er heiratete Jeanne, die Tochter des Schmiedes, und bei der Hochzeit wurde fleißig getanzt, und der Dudelsackpfeifer spielte auf, das könnt ihr mir glauben, und die Trommeln dröhnten und donnerten, und er sprang mit seinen langen, langen Beinen und seinen geschickten Füßen und seinem lachenden Mund umher, und Jeanne war vor lauter Wirbeln und Drehen ganz rot im Gesicht, und draußen erhob sich ein Sturmwind, und die Wolken verschluckten die Sterne. Aber sie gingen fröhlich zu Bett, voll guten Apfelweins, und sie versperrten ihre Türen vor dem Wetter und verkrochen sich in ihre warmen Federbetten.

Und die Müllerstochter kam barfuß und im Hemd auf die Straße und lief hierhin und dorthin und hielt die Hände ausgestreckt wie eine Frau, die ein Huhn einzufangen sucht, und rief: »Warte doch, warte doch.« Und *manche* behaupten, sie hätten ein nacktes kleines Kind vor ihr hertanzen sehen, das sie neckte, vor- und zurücksprang, mit ausgestreckten Fingern vor sich deutete und einen Haarschopf wie gelbes Feuer hatte. Und *andere* sagen, es wäre nichts gewesen als aufgewirbelter Staub auf der Straße, in dem sich ein paar Haare und ein Zweig verfangen hatten. Und der Müllerbursche sagte, er habe schon seit Wochen kleine, nackte Füße auf dem Speicher gehen und springen gehört. Und die alten Weiber und die jungen Schlauköpfe, die es nicht besser wissen, sagten, er habe gewiß Mäuse gehört. Und er sagte, er habe im Lauf seines Lebens genug Mäuse gehört, um zu wissen, wann er es mit Mäusen zu tun hätte und wann nicht, und er galt als vernünftiger junger Mann.

Und die Müllerstochter lief hinter dem tanzenden Ding her, die Straßen entlang und über den Platz und den Hügel hoch zur Kapelle, und sie zerkratzte sich die Beine an den Dornen und hielt die Hände ausgestreckt und rief unablässig: »Warte doch, warte doch.« Aber das Ding tanzte immer voraus, so lebhaft, das könnt ihr mir glauben, es glitzerte und drehte sich und wand sich und stampfte mit seinen kleinen Füßen auf Steinen und Rasen auf, und sie kämpfte gegen den Wind an, der sich in ihren Röcken verfing, und gegen die Dunkelheit, die sie blendete. Und sie lief ins Leere, als sie rief: »Warte doch, warte« und stürzte sich zu Tode auf den spitzen Felsen unten am Kliff, und sie fanden sie bei Ebbe, zerschunden und entstellt, gewiß kein schöner Anblick, wie ihr euch denken könnt.
Doch als er auf die Straße trat und es sah, da nahm er ihre Hand und sagte: »Das ist meine Schuld, weil ich kleinmütig war und nicht an dein kleines, tanzendes Ding glauben wollte. Jetzt aber höre ich es deutlich, oh, so deutlich.«
Und seitdem hatte die arme Jeanne keine Freude mehr an ihm.

Und als Toussaint kam, erwachte er plötzlich und hörte kleine Hände klatschen und kleine

Füße stampfen, rings um sein Bett herum, und kleine Stimmchen riefen in Zungen, die er noch nie gehört hatte, er, der er doch die Welt umsegelt hatte.
Und er warf das Bettzeug ab und sah um sich, und er sah das kleine Ding, ganz nackt und blau vor Kälte und dennoch rosig vor Erhitztheit – so schien es ihm, wie ein Fisch und eine Sommerblume in einem, und es schüttelte sein schimmerndes Köpfchen und tanzte davon, und er folgte ihm. Und er folgte und folgte, immer weiter, bis sie zur Baie des Trépassés kamen, und die Nacht war sternenklar, doch über der Bucht hing ein Nebelschleier.
Und die Wellen kamen eine nach der anderen vom Meer herein, eine nach der anderen, eine nach der anderen, und da sah er die Toten auf den Wellenkämmen, die aus dem Jenseits kamen, dünn und grau, und sie hielten die kraftlosen Arme ausgestreckt und schwankten im Seegang auf und ab und riefen mit hohen Stimmchen. Und das tanzende Ding stampfte und sprang vor ihm her, und er kam zu einem Boot, das mit dem Bug zum Wasser lag, und als er das Boot bestieg, merkte er, daß es voller Gestalten war, die sich bewegten und drängten, aber unsichtbar blieben.

Er sagte, es seien so viele Tote gewesen – im Boot und auf den Wellenkämmen –, daß das Gefühl der Enge ihm Beklemmungen gemacht habe, denn obwohl sie bloße Schatten waren, durch die er die Hand hindurchstrecken konnte, drängten sie sich eng um ihn und riefen auf den Wellen mit ihren schrillen, aufgeregten Stimmen, und sie waren so viele, so viele, als würde im Kielwasser eines Schiffes nicht ein Schwarm Möwen ziehen, sondern als wären Himmel und Meer nichts als Federn und jede einzelne Feder eine Seele, so sei es gewesen, sagte er später.
Und er sagte zu dem tanzenden Kind: »Sollen wir das Boot zu Wasser lassen?«
Und das Ding schwieg und antwortete nicht.
Und er sagte: »Bis hierher bin ich dir gefolgt, und ich fürchte mich sehr, aber wenn ich zu ihr gelangen kann, will ich dir weiter folgen.«
Und das kleine Ding sagte: »Warte.«
Und er dachte an sie zwischen all den anderen auf dem Wasser mit ihrem abgemagerten weißen Gesicht und ihren flachen Brüsten und ihrem abgezehrten Mund, und er rief ihr nach: »Warte«, und ihre Stimme erklang hohl wie ein Echo:
»Warte.«
Und er drang mit seinen Armen durch die Luft,

die voller Wesen war, und er schüttelte seine geschickten Füße im Staub der Toten auf den Bootsplanken, aber nichts bewegte sich, und die Wellen rollten an ihm vorbei, eine nach der anderen, eine nach der anderen, eine nach der anderen. Dann habe er versucht hineinzuspringen, sagt er, es aber nicht vermocht. Und so stand er da bis zum Tagesanbruch und spürte, wie sie kamen und gingen, hereinströmten und zurückwichen, und hörte ihre Rufe und das kleine Ding, das sagte:

»Warte.«

Und in der Morgendämmerung des folgenden Tages kehrte er als gebrochener Mann in das Dorf zurück. Und er saß mit den alten Männern auf dem Dorfplatz, er in der Blüte seiner Jahre, und sein Mund wurde schlaff, und sein Gesicht verfiel, und die meiste Zeit über sagte er nichts außer »Ja, ich höre« und »Ich warte«, nichts als diese zwei Dinge.

Und vor zwei oder drei oder auch zehn Jahren erhob er den Kopf und sagte: »Hört ihr nicht das kleine Ding tanzen?« Und sie sagten nein, aber er ging ins Haus und machte ganz selbstverständlich sein Bett und rief die Nachbarn zusammen und gab Jeanne den Schlüssel zu seiner Seemannstruhe und legte sich nieder, so dünn und abgemagert, und sagte: »Nun habe ich am längsten gewartet, aber jetzt höre ich es stampfen, das kleine Ding ist ungeduldig, obgleich ich geduldig genug war.« Und um Mitternacht sagte er: »Da bist du ja«, und er starb.

Und im Raum roch es nach Apfelblüten und zugleich nach reifen Äpfeln, sagte Jeanne. Und Jeanne heiratete den Metzger und gebar ihm vier Söhne und drei Töchter, die alle gesund und kräftig sind, aber keine Neigung zum Tanzen haben.

Der Schein trügt

Es war einmal ein Bauersmann, den es schwer ankam, sein Land zu bestellen, das voller Disteln und Dornen war. Er hatte drei Söhne, und das waren zu viele Erben für das undankbare Stück Land, und so kam es, daß Seth, der jüngste, sein Bündel schnüren und in die weite Welt hinauswandern mußte, um sein Glück zu versuchen. Er bereiste der Länder gar viele und fuhr auf allen Meeren, bis er eines Tages nach einem Schiffbruch mit wenigen Gefährten an einen sandigen Strand gespült wurde. Keiner von ihnen wußte, wohin es sie verschlagen hatte, denn im Sturm war ihr Schiff weit, weit von seinem Kurs abgekommen, aber sie packten die geborgenen Rationen ein und machten sich auf den Weg landeinwärts, in die Wälder hinein, die sich vor ihnen erstreckten. Sie hörten das Gekecker und Gezeter von Vögeln und Affen und erblickten hoch oben in den Baumkronen das schnelle Vorbeihuschen unzähliger Flügel, doch menschliche Behausungen waren nirgends zu sehen, so daß sie gerade zur Ansicht gelangen wollten, daß sie die neuen Herrscher über eine unbewohnte Insel seien, als

sie auf Spuren und auf einen Pfad stießen, der sich zu einem regelrechten Weg zwischen den Bäumen hindurch öffnete und dem sie folgten.
Nach einer Weile gelangten sie an eine glatte, hohe Mauer, zu hoch, als daß man hätte einen Blick hinüberwerfen können, und in dieser Mauer befand sich ein verschlossenes Tor. Sie beratschlagten kurz, und dann klopften sie, und das Tor öffnete sich vor ihnen lautlos in seinen gutgeölten Angeln und schloß sich ebenso geschwind hinter ihnen, obwohl niemand zu sehen war, der es hätte bedienen können. Und sie hörten, wie Riegel und Bolzen im großen Schloß wieder ihren Platz einnahmen. Einer trat nun dafür ein, umzukehren, und einer dafür, daß sie sich zerstreuten und verbargen, doch die übrigen – darunter Seth – sprachen sich dafür aus, unverwandt weiterzugehen. Also gingen sie weiter, über Marmorböden, durch große, kühle Gemächer, sie hörten das Plätschern von Springbrunnen in Höfen und sprachen im Flüsterton von der prächtigen Architektur und den vornehmen, prunkvollen Einrichtungen.
Und zu guter Letzt erreichten sie einen Festsaal, in dem auf einem großen Tisch aus Ebenholz ein herrliches Festmahl angerichtet war – köstliche Pasteten und dampfende Terrinen, duftende

Gelees und Meringen, Berge von Früchten, so frisch geplückt, daß noch Tau auf ihnen perlte, und Trinkgefäße voll funkelnden Weines. Bei diesem Anblick lief ihnen das Wasser im Mund zusammen, und sie nahmen am Tisch Platz, ohne groß zu fragen, und aßen voller Gier und ohne auf ihre Manieren zu achten, bis ihnen der Saft aus den Mundwinkeln lief, denn sie waren halb verhungert. Nur Seth aß nichts, denn sein Vater hatte ihm verboten, sich ohne Aufforderung zu bedienen. Er war als Knabe schmerzlich verprügelt worden, weil er die Nachbargärten geplündert hatte, und diese Lektion hatte er nicht vergessen.
Als sie so lange gegessen hatten, daß ihnen die Augen aus dem Kopf und die Adern auf die Stirn traten, da vernahmen sie etwas wie leise Glöckchen und Harfenklänge, und am anderen Ende des Saales öffnete sich wie von Geisterhand eine Tür, durch die ein sonderbares Völkchen seinen Einzug hielt. Da gab es einen Haushofmeister, der mehr Ziege als Mensch zu sein schien, und eine sehr hübsche milchweiße Färse, in deren Hörner Rosen geflochten waren, und einen ganzen Zug von Reihern und Gänsen, die alle mit Rubinen und Saphiren besetzte Halsbänder trugen, und einige ganz reizende flaumi-

ge Kätzchen mit silbrigblauem und rosigbraunem Fell und einen eleganten kleinen silbergrauen Windhund mit einem Halsband voller Glöckchen und den entzückendsten Spaniel, den man sich denken kann, mit langen, rötlichbraunen Ohren und großen, rührend dreinblickenden Augen. Und mitten in dieser Schar ging eine fröhliche, *behaglich* wirkende Dame, die fast wie eine Schäferin gekleidet war, denn sie trug eine gerüschte Haube, unter der hervor sich weiße Löckchen bis auf die Schultern ringelten, und eine wunderbar bestickte Schürze. In der Hand hielt sie den allerschönsten Hirtenstab, der mit silbernen, rosenroten und himmelblauen Bändern geschmückt war, und sie hatte das bezauberndste Lächeln und die schalkhaftesten Augen, die man sich nur denken kann. All die schiffbrüchigen Seefahrer waren sogleich von ihr bezaubert und begannen mit ihren saft- und fettverschmierten Gesichtern die abgeschmacktesten Grimassen zu ziehen, als sie ihr zulächeln wollten. Man konnte unschwer erraten, daß sie keine wirkliche Hirtin war, sondern eine sehr, sehr vornehme Dame, die sich aus Leutseligkeit oder der Schlichtheit ihres Gemütes heraus als solche verkleidet hatte.

»Wie *reizend*«, rief sie, »daß wir unerwarteten

Besuch bekommen haben! Essen Sie nach Herzenslust, schenken Sie sich Wein nach, bis die Gläser überlaufen. Ich habe für mein Leben gern Besuch!«

Und die Seefahrer dankten ihr und sprachen aufs neue den guten Dingen zu, denn die Worte der Dame hatten sie wieder ganz unerklärlich hungrig gemacht – alle bis auf Seth, welcher nun eingeladen war und das Verbot seines Vaters nicht mißachtet hätte, aber noch immer keinen Hunger verspürte. Die entzückende Dame sah, daß er nichts aß, und die Ziege schob einen Stuhl für ihn zurück, so daß er nicht anders konnte als sich setzen. Und als die reizende Dame sah, daß er noch immer nichts nahm, kam sie zu ihm, wobei ihre hübschen Röcke leise raschelten, und bot ihm die herrlichsten Köstlichkeiten an und schenkte ihm belebenden Julep und duftenden Sirup ein, der im Glas wie tanzende Flammen leuchtete.

»Sie müssen etwas essen«, sagte sie, »sonst werden Sie noch vor Hunger ohnmächtig, denn ich sehe wohl, daß Sie eine harte und gefahrvolle und entbehrungsreiche Reise hinter sich haben.«

Seth sagte, er sei nicht hungrig. Und die Dame schnitt ihm mit einem silbernen Messer einen Salat aus den herrlichsten Früchten, den sie wie einen Fächer, wie eine Blüte vor ihm anrichtete, ohne ihr Lächeln und ihre gute Laune zu verlieren, Melonenschnitze und saftige Orangenspalten und duftende dunkle Trauben und frische weiße Apfelscheiben und Scheiben tiefroten Granatapfelfleisches mit ebenholzschwarzen Kernen.

»Ich muß Sie für einen *sehr* störrischen und schlecht erzogenen jungen Mann halten«, sagte sie, »wenn Sie nicht einmal eine Scheibe Apfel kosten wollen oder eine frische Traube oder einen Schluck Granatapfelsaft.«

Und so ergriff er aus Verlegenheit eine Scheibe Granatapfel, die ihm nicht so mächtig und sättigend erschien wie das knusprige Apfelfleisch, und er aß drei der schwarzen Kerne in ihrer süßen, blutroten Umhüllung.

Einer seiner Gefährten rülpste recht ungehörig und sagte: »Hochverehrte Dame, Sie müssen entweder eine Fee oder eine Prinzessin sein, um in dieser Wildnis so großen Reichtum zu besitzen.«

»So ist es in der Tat«, sagte sie. »Ich bin eine Fee, die Vergnügen daran findet, den Sterblichen eine Freude zu machen, wie Sie selbst sehen können. Ich heiße Mrs. Cottitoe Pan Demos – was ›für alle‹ heißt, wie Sie vielleicht wissen, und so verhält es sich auch. Ich führe ein gastfreies Haus für jeden, der des Weges kommt. Sie alle sind mir herzlich willkommen.«

»Und können Sie auch zaubern?« fragte der Schiffskoch, der nur ein hochaufgeschossener Junge war und der sich unter Zauberei nichts anderes vorstellte als Tricks und Finten und Flederwische und Blumensträuße, die aus dem Nichts aufzutauchen schienen.

»O ja, das kann ich«, sagte sie mit einem silberhellen Lachen.

»Bitte, bitte, zeigen Sie uns etwas Zauberei«, sagte der Koch und leckte sich die Lippen.

»Wohlan«, sagte sie, »dann werde ich die Festtafel im Nu verschwinden lassen.« Und sie berührte den Tisch mit ihrem silbernen Hirtenstab, und alles war im Nu verschwunden, obwohl der Duft der Früchte und der Bratengeruch und das Weinaroma noch in der Luft schwebten.

»Und ich kann euch alle ohne Ketten in euren Stühlen anketten«, sagte sie mit einem noch zufriedeneren Lächeln und beschrieb dabei mit ihrem Stab eine energische Geste, und die Seefahrer merkten, daß sie sich nicht mehr erheben und ihre Gliedmaßen nicht mehr bewegen konnten.

»Das ist nicht sehr schön von Ihnen«, sagte der

Koch. »Bitte, lassen Sie uns gehen, Ma'am. Wir danken Ihnen für die fürstliche Bewirtung, aber wir müssen zurück, um unser Schiff zu flicken und weiterzufahren.«

»Wie *undankbar* die Menschen doch sind«, sagte die Dame. »Was man ihnen auch gibt, sie wollen nicht bleiben, sie wollen nicht ruhen, sondern weitersegeln. Ich dachte, ihr wäret vielleicht gern für eine Weile hiergeblieben, als Teil meiner Wirtschaft. Oder vielleicht für immer. Ich führe ein gastfreies Haus für jeden, der des Weges kommt.«

»Nein, danke, besten Dank auch, Ma'am«, sagte der Koch. »Ich möchte jetzt lieber gehen.«

»Das glaube ich nicht«, sagte sie und berührte mit ihrem Stab, der sich zu diesem Zweck ganz von allein verlängerte, die Schulter des Kochs. Und auf der Stelle verwandelte der Koch sich mit einem eigenartigen, halb menschlichen Schrei in ein großes Wildschwein, das heißt, sein Kopf und seine Schultern wurden die eines Wildschweins mit feuchter Schnauze und großen Hauern und Borsten. Nur seine armen Hände, die noch immer die Stuhllehnen umklammerten, waren Hände geblieben, aber sie waren so hart wie Hufe und ganz behaart und ungeschlacht. Und die Dame ging um den Tisch herum und berührte jeden der Seefahrer, und jeder von ihnen wurde zu einem anderen Schwein – vom Riesenwildschwein bis zum schwarzgefleckten Piétrain-Schwein, vom Hirscheber bis zum Warzenschwein. Trotz der Gefahr, in der er schwebte, fand Seth die Vielfalt der Schweinerassen sehr interessant. Ihn traf der Stab als letzten, und die Berührung sandte eine Art elektrischen Schlag durch seinen ganzen Körper, als hätte eine Schlange ihn gestochen. Er fühlte mit einer Hand nach der Schnauze an seinem Kopf und stellte zu seiner Überraschung fest, daß er im Unterschied zu seinen Gefährten den Arm bewegen konnte. Sein Gesicht fühlte sich nicht viel anders an als zuvor – Nase, Mund, Augenbrauen. Aber in der Kopfhaut spürte er ein Jucken und Kribbeln, und als er nach seinem Haar fühlte, spürte er, wie es als strubbelige, zottige Mähne abstand.

Bei diesem Anblick lachte Mrs. Cottitoe Pan Demos von Herzen.

»Ich kann *nie* voraussagen, was mein Zauber bei jenen bewirkt, die nur frugal essen«, sagte sie. »Dein Haarschopf ist sehr kleidsam, glaube mir, weitaus kleidsamer als Hauer und Borsten. Ich werde dich zu meinem Schweinehirten ernennen, damit du bei deinen Gefährten bleiben kannst. Meine Schweine werden tief in den Felshöhlen unter meinem Palast gehalten, denn sie brauchen kein Tageslicht, und ich werde dir zeigen, wie du sie zu füttern und ihre Koben zu reinigen hast, und ich würde es sehr, sehr bedauern, wenn du deine Arbeit nicht gut tun solltest, weil du dann auf die allerabscheulichste Weise bestraft werden würdest. Merke dir wohl, daß wir alle zusammenarbeiten müssen, zum Nutzen des Haushaltes. Folge mir nun, mein Lieber.«

Und sie trieb alle Kreaturen – die neuen Schweine und die Gänse und Reiher, die kleine Färse und die alte Ziege – geschwinden Schrittes durch die Flure und lachte glockenhell, wenn sie mit ihren ungeschickten Hufen ausglitten, und drohte neckisch mit ihrem hübschen Stab, dessen Berührung entsetzlich schmerzhaft war, wenn er auf Fell oder Haut traf. Und unter dem Palast fanden sie eine riesenhafte Abfolge von Gehegen, Höhlen und Käfigen vor, in denen die verschiedensten Tiere ein trauriges Dasein fristeten – sanfte Kaninchen, schüchterne, zitternde Hasen, Pfauen, die niedergeschlagen den Schwanz hängen ließen, ein paar Esel, ein paar Barbarie-Enten und sogar ein Nest weißer Mäuse.

»Scher dich nicht um die Geräusche, die sie machen«, sagte Mistress Cottitoe Pan Demos, »es sei denn, es gelüstet dich danach, und ich kann dir nicht dazu raten, denn sie bringen eine wahrhaft *klägliche* Mischung aus Grunzen, Quieken, Wiehern und Geheul hervor, daß es am besten ist, nicht hinzuhören. Zu meinem unendlich großen Bedauern muß ich dich mit ihnen einsperren – du kannst auf dem frischen Stroh schlafen, und hier hast du ein herrliches Brot, das erst eine Woche alt ist, und vorzügliches Quellwasser zum Trinken, so daß du gewiß keinerlei Anlaß haben kannst, dich über deine Kost zu beklagen. Ich bin mir sicher, daß du mir darin zustimmen wirst, daß es nichts Gesünderes gibt als gutes Brot und frisches Wasser, nicht wahr? Hin und wieder werde ich dir durch eines meiner *Haustiere* Botschaften zukommen lassen – die Gänse können kleine Körbe tragen, und der Spaniel ist dazu abgerichtet, Briefe mit der Schnauze zu befördern. Über Antworten brauchst du dir nicht den Kopf zu zerbrechen. Du hast *das* zu tun, was ich dir *befehle* – so ist es hier üblich –, und ich muß dir zu meinem sehr, sehr großen Bedauern sagen, daß jede Verfehlung – jede, das muß ich leider sagen – die allerscheußlichsten Strafen nach sich zieht. Welcher Art sie sind, überlasse ich deiner Phantasie. Ich

habe festgestellt, daß die Phantasie durch Brot und Wasser in der Finsternis ganz vorzüglich angeregt wird – fast so, wie Samenkörner im Erdboden sprießen. Du magst dir also jegliche Strafe ausmalen, nach der dir der Sinn steht, mein Lieber. Ich wünsche dir angenehme Träume.«
Und mit diesen Worten entschwand sie durch die Kellertüre, tapp, tapp, tapp, mit ihren kleinen diamantbesetzten Schühchen und mit der großen Haube, die auf ihren schneeigen Locken nickte. Und der unglückliche Seth blieb allein zurück in beinahe völliger Finsternis, umgeben von traurigen Augen, die ihn anstarrten, halb menschlichen Augen in pelzigen Gesichtern oder zwischen den Runzeln von Schweinsköpfen, Augen, in denen glitzernde Tränen standen.

Nun folgte eine schwere Zeit in den Kellerhöhlen für den armen Seth. Er tat, was er konnte, um den Tieren das Leben zu erleichtern, sowohl weil er die Bosheit und Rachsucht der Fee fürchtete, als auch weil ihm die Tiere in ihrer Hilflosigkeit leid taten. Er trocknete ihre Tränen, verband ihre Wunden, brachte ihnen frisches Wasser und lauschte ihrem Seufzen und Stöhnen, das großes Mitleid in ihm weckte, vielleicht um so mehr, als er es nicht in die Worte übersetzen konnte, die die Tiere damit zu sagen versuchten. Bisweilen brütete er über Fluchtplänen. Er würde einfach die Türe aufbrechen. Er würde den Spaniel zu seinem Bundesgenossen machen. Eines Tages versuchte er, sich dem kleinen Hund zu nähern. Er sagte: »Ich vermute, daß auch du ein verzauberter Mensch bist – und ganz gewiß eine überaus schöne Persönlichkeit, wie ich aus deinem glänzenden Fell und deinen schönen Augen schließe. Ich bitte dich, mit dem Kopf zu nicken, wenn du bereit bist, mit mir zusammen nach einem Weg aus dieser Knechtschaft zu suchen, die für dich kaum leichter zu tragen sein wird als für mich, auch wenn dein Los um ein geringes milder ist.«

Aber der kleine Hund begann nur am ganzen Körper zu zittern: Die Haare seines Fells standen zu Berge, und er winselte, weil er aus dem Keller fort wollte, zurück in den Palast. Als Seth ihm nahe kam, knurrte er zitternd und biß nach seiner Hand.

Nach diesem Fehlschlag ging Seth in seine Ecke, setzte sich auf das Stroh und weinte bitterlich. Schneller und schneller flossen seine Tränen; sie benetzten den Staub zu seinen Füßen und liefen als dunkle Rinnsale in die Ecken. Und mit einemmal merkte Seth, daß ein leises, krächzendes Stimmchen sich wie durch Wasser seit einer ganzen Weile vernehmlich zu machen versucht hatte: »Halt ein, halt ein, ich ertrinke ja, halt ein.« Er sah sich nach dem unsichtbaren Sprecher um, konnte jedoch niemanden entdecken.

»Wo bist du denn?« fragte er zuletzt.

»Hier unten, bei deinen Füßen, im salzigen Wasser.«

Da blickte er dorthin und sah eine große glänzendschwarze Holzameise, die sich in einer seiner Tränen zusammengerollt hatte – ihre bindfadendünnen Beinchen klebten an ihrem Körper, und ihre Fühler hingen naß herab. Er durchstach die dicke Träne mit einem Strohhalm und hielt ihn der Ameise hin, damit sie hinaufkletterte.

Sie sagte: »Warum weinst du so schrecklich große Tränen?«

»Weil ich gefangen bin und diesen finsteren Ort nicht verlassen kann. Ich komme mir vor, als wäre ich tot.«

»*Ich* kann hier ein und aus gehen.«

»Das sehe ich. Aber du bist ein winzigkleines Wesen, ich hingegen bin ein nutzloser, großer Bursche. Ich wollte, ich wäre tatsächlich tot.«

»Fang bitte nicht wieder zu weinen an. Wenn du willst, werde ich dir einen Gefallen tun, weil du mein Leben gerettet hast, obwohl du es zuerst in Gefahr brachtest. Warte auf mich.«
Und das kleine Wesen lief hurtig davon und verschwand in einer Ritze im Felsen, aus dem die unterirdischen Höhlen geschnitten waren. Seth wartete. Was hätte er sonst auch tun sollen – selbst wenn er die Möglichkeiten der Ameise, ihm zu helfen, nicht allzu sanguinisch veranschlagte. Nach beträchtlicher Zeit sah er, daß sie ihm von der Felsspalte aus aufgeregt mit ihren Fühlern zuwinkte, und dann erschien sie mit zwei Gefährtinnen, die eine Last von der Größe einer Brotkrume trugen – was bei ihrer Körpergröße einem durchschnittlichen Federbett entsprach – und sie vor seinen Füßen abluden, etwas beinahe Unsichtbares, das mit beinahe unsichtbarem Faden sehr ordentlich in ein Stück von einem dunklen Blatt eingenäht oder gebunden war.
»Hier«, sagte die Ameise. »Das wird dir helfen.«
»Was soll ich damit anfangen?«
»Du mußt es essen.«
»Was ist das?«
»Drei Samen vom Farn. Besondere Samen. Jenseits der Mauer geerntet.«

Er zögerte und wollte schon sagen: »Und worin besteht ihre Wirkung?«, als die Ameise mit einer Stimme, die der von Mistress Cottitoe Pan Demos an Entschiedenheit kaum nachstand, befahl: »Sofort!«

Und so legte Seth die Samenkörner auf seine Zunge, wo sie sich auflösten und dabei nach schattigem Wald schmeckten, und in seinen Adern begann es heftig zu kribbeln und zu prickeln, während ihm im Kopf ganz schwindelig wurde, und als er zur Besinnung kam, fand er sich neben der Ameise wieder, nur noch doppelt so groß wie sie. Nun, da sie größer oder er kleiner war, kam sie ihm viel, viel bedrohlicher und geheimnisvoller vor als zuvor. Ihre großen schwarzen Augen betrachteten ihn aus ihren dunklen und glänzenden Fenstern. Ihre Mandibeln öffneten und schlossen sich wie Scheren.

»Jetzt bin ich noch schlimmer dran als vorher«, sagte er. »Jetzt bin ich noch hilfloser. Jedes Schwein und jeder Esel kann mich versehentlich zertreten. Die Hennen und Tauben können mich fressen. Bitte, gib mir meine Gestalt zurück.«

»Ich habe dir doch erklärt«, sagte die Ameise mit einer Stimme, die nun wie lautes, knarrendes Dröhnen klang, »daß ich hier ein- und aus-

gehen kann. Was ich kann, kannst du jetzt auch. Folge mir bitte.«
Und nun begann eine schreckliche Reise für Seth, eine Reise durch Tunnel aus Erde, die sich in alle erdenklichen Richtungen drehten und wanden, und die Ameise, die er als erste kennengelernt hatte, ging voran, während die zwei anderen ihm in der pechschwarzen Finsternis voranhalfen, indem sie ihn festhielten und hier und da sanft und behutsam ein wenig schoben oder zogen. Sie trippelten leichtfüßig dahin, und Seth stolperte und taumelte neben ihnen einher, und nach einer Weile kamen sie ganz unversehens ans Tageslicht, als sie um eine Ecke gebogen waren, in so blendendhelles Tageslicht, daß Seth mit den Augen blinzeln mußte und ihm die Tränen kamen.
Er konnte nicht erkennen, wo er war, weil er sich zwischen den Stielen und Stengeln hoher Grashalme befand, so daß sein Gesichtsfeld sich auf ein wenig Kies und den Wald aus wehenden Gräsern beschränkte. Die Ameisen rieten ihm, einen nahe stehenden Rosenbusch zu erklettern, und das tat er, und dann hielt er sich vorsichtig fest, als er auf den größeren Dornen balancierte wie ein Einbrecher auf Außenverzierungen von Gemäuer. Und als er dort oben stand und einen

größeren Horizont überblicken konnte, sah er, daß er sich in einem Garten befand, der von Mauern umgeben war, einem Garten, in dem Obstbäume als Spaliere gezogen waren, in dem es Rasenflächen gab und Bänke und Blumenbeete ebenso wie Gemüsebeete und Beete voller Kräuter und Beeren, soweit sein Auge reichte. Doch all das überwältigte ihn in seinem neuen Zustand so sehr, daß ihm wieder ganz schwindelig wurde und er sich an einem Blatt festhalten und kurz die Augen schließen mußte, um das aufdringliche Karmesin der Rosenblütenblätter, die so groß schienen wie Perserteppiche, oder das Glitzern des Waldes aus Grashalmen, der so breit wie der Ärmelkanal schien, nicht mehr sehen zu müssen.

Stellt euch nur einen harten, glänzenden roten Apfel vor, der so groß ist wie ein Haus und an einem dicken Tau über euren armen Köpfen hin und her schwingt. Und stellt euch nun vor, um wieviel erschreckender ein reifer Kohlkopf wirken muß, der darauf wartet, gepflückt zu werden – ein geädertes, grüngetupftes Monstrum, hier und dort mit purpurnen Streifen versehen und von beunruhigend grobporiger Oberfläche. Seth empfand eine Mischung aus Furcht und Abscheu und Bewunderung angesichts der gewaltigen Kraft, die all dies wachsen ließ. Er kletterte wieder zum Boden hinab und dankte den Ameisen für ihre freundliche Hilfe. Er dachte, es wäre das beste, daß er im Garten zu leben versuchte, bis er wieder seine ursprüngliche Größe erlangen und seine Kameraden retten konnte. Er vertraute darauf, sich vor Mistress Cottitoe Pan Demos verbergen zu können, sofern sie nicht über einen Zauber verfügte, der ihn ihr enthüllen würde. Letzterer Gedanke machte ihn fast wieder ein wenig mutlos. Er lief eilig über den Rasen, weg von der Mauer des Schlosses, als wäre ihm damit geholfen, sich aus ihrem Einflußbereich zu entfernen. Die Ameisen hatten ihm geholfen. Vielleicht brauchte er noch mehr Helfer, um den Mut nicht zu verlieren, dachte er sich.

Ringsum hörte er die sonderbarsten Laute und Geräusche. Einige darunter hätte er auch in seiner normalen Größe hören können – das klare Zwitschern der Vögel, das nun allerdings klang wie ein Orchester, das hinter einem Wasserfall spielt, und das mächtige Gesumme der Bienen, die von Blume zu Blume flogen. Aber er hörte auch Dinge, die er mit ungeübtem Ohr nicht wahrgenommen hätte – das Mümmeln, Kauen, Beißen und Schmatzen von Tausenden und

Abertausenden geschäftiger Mäuler, die Blätter und Blüten, Früchte und Fleisch und Knochen benagten. Er konnte hören, wie die Würmer sich ihren Weg durch den Erdboden bahnten, glitschige Körper und durstige Mäuler, die Tau und Säfte aufsaugten. Nach einer Weile aber gewöhnte er sich an die neuen Geräusche, so wie ein Mann, der sich im Getöse einer großen Stadt unbesorgt bewegt, und er sah sich mit neuer Zuversicht um. Aus einem Hohlweg im Gras gelangte er an den Rand eines Beetes voller Himbeersträucher. Er dachte sich, er würde gerne eine Himbeere pflücken und davon essen, denn er verspürte plötzlich Hunger, und deshalb begann er einen dieser Stengel zu erklettern, ganz so, wie er es in seiner Seemannszeit gelernt hatte. Auf diese Weise gelangte er bis zur Oberkante einer sonnenwarmen Ziegelmauer, an die manche der Himbeersträucher anstießen, und er wollte eben nach einer Frucht greifen, als er aus den Himbeerblättern ein leises, drohendes Zischen hörte. Und von der Mauer her vernahm er ein drohendes, keuchendes Knurren, fast wie das Grollen eines hungrigen Krokodils.

Und auf einem Himbeerzweig näherte sich die furchterregendste Gestalt, die er je erblickt hatte, ein scheußlicher Drache mit stumpfer Schnauze, einem abscheulich gedunsenen Kopf und riesigen, hervorquellenden Augen. Und auf der Mauer näherte sich ein zweites Ungeheuer, welches die knurrenden Geräusche von sich gab, ein Geschöpf mit einem Schwanz, der in zwei Peitschenenden auslief, das ein riesenhaftes Maul aufriß und laut knurrte, ein Geschöpf mit giftgrünem Kopf und Schwanz und weinrotem Rücken. Dieses Ungeheuer bewegte sich schaukelnd langsam vorwärts, während der Drache auf dem Zweig eher zu kriechen schien.

Seth sprang zurück und sah sich erschrocken nach einer Waffe um. Auf der Mauer fand er einen Ziegelsplitter, den er vielleicht als Dolch oder Schwert verwenden konnte, und eine Handvoll Ziegelstaub zum Werfen.

»Fort mit euch!« rief er. »Verschwindet!«

Der Drache oder die Schlange im Himbeerbusch schaukelte auf dem Zweig hin und her und sprach dabei mit einer dicken, belegten Stimme, als hätte er oder sie den Mund voll scheußlicher Dinge.

»Ich – bin – wahrhaftig – scheußlich. – Ich – tue – dir – sehr – weh – wenn – du – nicht – weggehst. Ich – bin – sehr – gefährlich.«

Und das Wesen auf der Mauer sagte: »Ich – bin – grausam – und – blutrünstig. Ich – fresse – alles – was – ich – sehe. Ich – fresse – dich – mit – Haut – und – Haar.«

»Weg mit dir«, sagte Seth. Er spürte ihren heißen Atem auf seiner Haut. Er warf mit einem Stein nach dem Ungeheuer mit dem zweigeteilten Schwanz, und das Ungeheuer hielt inne und verzog seinen ganzen Körper, um sich dann wieder in Bewegung zu setzen. Es schien Seth, als habe sein letztes Stündlein geschlagen, denn weglaufen konnte er nicht, da er zwischen der Mauer und dem Drachen auf dem Himbeerzweig gefangen war.

In ebendiesem Moment tauchte vom Himmel herab am Ende einer langen seidenen Schnur, die nirgends befestigt zu sein schien, jemand auf. Zwei glänzendschwarze Schuhe wurden sichtbar und über ihnen etwas Längliches, Schwarzes – eine Gestalt, die sich als weibliche Person herausstellte, die ein langes, schwarzes Kleid und eine weiße Haube trug und große, horngefaßte Brillengläser auf einer spitzen Nase. Um ihr Kleid hatte sie einen langen, silberfarbenen Umhang geschlungen. Sie rollte die Seidenschnur zusammen und legte sie zu ihren Füßen hin.

»Guten Morgen«, sagte sie. »Sie scheinen in Schwierigkeiten zu stecken.«

»Drachen und Schlangen wollen mich bei lebendigem Leib auffressen.«
»Das glaube ich nicht«, sagte sie. »Die beiden sind meine Freunde – sie heißen Deilephila elpenor und Cerura vinula, und sie haben mindestens soviel Angst vor Ihnen wie Sie vor den beiden. Sie erzählen die unglaublichsten Lügengeschichten und plustern sich ganz gewaltig auf, um denen Angst einzujagen, vor denen sie sich fürchten. – Ich glaube nicht, daß er euch etwas tun wird«, sagte sie zu dem Drachen und zu dem anderen Ungeheuer. »Ihr habt ihm beide einen gewaltigen Schrecken eingejagt. Auf nun, eßt nach Herzenslust. Ihr habt nicht mehr viel Zeit.«
Seth sagte: »Sie sehen erschreckend und gefährlich aus.«
»Es wird sie freuen, das zu hören. Nicht wahr, Elpenor? Und du, Vinula, was sagst du? Aber sehen sie Vinula nur genau an, dann können Sie erkennen, daß die wahren Kiefer nur ganz klein sind und unterhalb der schrecklichen Maske liegen, die die Welt zum Narren hält. Und wenn Elpenor die Luft herausläßt, werden Sie sehen, daß seine furchterregenden Augen nur Flecken auf seinem Körper sind, die sich aufblähen, um seinen Kopf zu verbergen, der nicht sonderlich

groß ist. In Wahrheit hat er ein entzückendes Schnäuzchen, das einem Ferkelchen besser zu Gesicht stünde als einem Drachen. Der Schein trügt, mein junger Herr. Darf ich nach Ihrem Namen fragen?«

»Ich heiße Seth.«

»Und ich heiße Mistress Mouffet.« Sie reichte ihm eine schmale Hand. »Darf ich Sie zu meinem Picknick einladen? Ich vermute, daß Sie den Schweineställen entflohen sind, und wenn Sie mir vertrauen wollen, kann ich Ihnen vielleicht helfen.«

Und Seth setzte sich mit Mistress Mouffet auf die Mauer, und sie bewirtete ihn mit Brot und Käse und Äpfeln aus ihrem Korb, und alles hatte die richtige Größe für sie und für ihn in seinem neuen Zustand. Und sie sah ihn mit ihren glänzenden Augen hinter den Brillengläsern freundlich an und erzählte ihm von dem Garten.

»Er gehört Mistress Cottitoe Pan Demos, die in ihm Früchte und Gemüse für ihre Küche und Blumen für ihr Boudoir und ihren Salon zieht und die gerne in ihm lustwandelt, denn Mistress Cottitoe ist eine gute Gärtnerin, und ihre Blumen blühen ganz prächtig. Aber es gibt auch Geschöpfe in diesem Garten, die nicht der Herrschaft von Mistress Cottitoe unterliegen – Geschöpfe, die von jenseits der Mauer stammen und dorthin zurückkehren. Elpenor und Vinula sind in gewissem Sinn solche Wesen oder werden es sein; und andere Geschöpfe bewegen sich auf seidenen Schirmen oder an seidenen Fäden in den Garten, wie ich es tue. Und wieder andere finden Eingang durch Risse und Spalten im Erdboden, denn der Garten selbst ist wiederum Teil des Reiches einer weitaus machtvolleren Fee, als Mistress Cottitoe es ist, einer Fee, die ihr erlaubt, ihren Garten zu bestellen, aber ein Auge auf das Wohlergehen der Geschöpfe darin hat und sich von ihnen Botschaften überbringen läßt. Sehen Sie nur, wie die Grashalme überall mit seidenen Fäden bespannt sind – ein jeder gehört einem Spinnenwesen, welches sein Nest spinnen und Wache halten wird. Und auch die Vögel, die geflügelten Samen der Bäume, die sich überallhin tragen lassen, die Pollen, die in Wolken aufsteigen, die Wiesenkerbel- und Löwenzahnaureolen tragen Botschaften mit sich.«

»Und wer ist diese Fee? Würde sie mir helfen – mir und meinen armen verwunschenen Gefährten? Und wer sind *Sie*?«

»Ich bin jemand, der über diesen Garten Protokoll führt oder der ihn ausspioniert, wenn man so will, denn Mistress Cottitoe weiß nichts von meiner Existenz. Ich kümmere mich um Geschöpfe wie Elpenor und Vinula – und Sie, wie sich herausstellt. Ein Verwandter von mir war in einer anderen Welt einer der großen Benenner, einer der großen Historiker dieses Gartens. Er hat Elpenor und Vinula ihre Namen verliehen, und es sind Namen wie liebliche Gedichte. Sogar ich habe Eingang in ein Gedicht gefunden – es heißt ›Little Miss Mouffet‹ –, aber es taugt nichts, es bringt mich mit Spinnen in Zusammenhang, aber es behauptet allen Ernstes, ich, die Base des Verfassers unseres *Theatrum Insectorum sive Animalium Minimorum*, könne mich vor Spinnen ängstigen – ich, die ich ihre Namen und ihre Wesensart verzeichne und ihre beste Freundin bin.«

»Erzählen Sie mir mehr von den poetischen Namen Elpenors und Vinulas, Mistress Mouffet. Auch ich komme aus einer ländlichen Familie, wo alle sich am Namengeben beteiligen.«

»›Elpenor‹ war der Name eines griechischen Seemannes, welcher von Kirke, einer Verwandten unserer Mistress Cottitoe, in ein Schwein verwandelt wurde, und mein Vater verfiel aufgrund der Rüsselform seiner Nase auf diesen Namen. Ein jüngerer Verwandter Elpenors heißt aus dem gleichen Grund Porcellus, das

Ferkel. Und Vinula heißt Cerura vinula, was griechisch ist und Horn sowie Schwanz heißt – *keras* und *oura* –, weil der Schwanz, wie Sie selbst sehen können, gespalten ist wie zwei Hörner und obendrein hart wie Horn. Und mein Verwandter nannte Vinula eine ›bei Gott *elegante* Raupe, schöner, als wir es uns vorzustellen vermögen‹. Namen helfen uns, die Welt zusammenzufügen, indem wir die Geschöpfe miteinander verbinden, und sie sind etwas wie eine *Metamorphose*, was mit dem Wort *Metapher* zu tun hat, welches bedeutet, daß man eine Idee durch eine andere ausdrückt.«

»Ganz gewiß«, sagte Seth, der seinen eigenen Gedanken nachhing. »Gewiß, es sind *Raupen*! Ich hielt sie für giftige Schlangen oder Eidechsen.«

»Das tun auch Erwachsene und hungrige Vögel. Darin besteht ihre Schläue. Und wie alle echten Raupen werden sie sich in Flügelwesen verwandeln. Und dann werden ihre Namen mit anderen verbunden und wieder geändert. Ich weiß, wo sich die Brüder und Schwestern von Elpenor befinden, die im Begriff sind, aus ihren Hüllen auszubrechen. Wollen Sie sie sehen? Vielleicht können sie Ihnen helfen. Sie bringen nämlich der Fee jenseits der Gartenmauer bestimmte Botschaften, weshalb ihre Namen sich auf diese

Fee beziehen, und möglicherweise wären sie bereit, Sie dorthin mitzunehmen, wenn Sie den Mut haben, mitzufliegen.«

Und so wanderten sie die Gartenmauer entlang, in Begleitung der Raupendrachen, die geschäftig dahinkrochen. Und nach einer Weile stiegen sie in einem fernen Winkel des Gartens von der Mauer, an einer Stelle, wo ein Weidenbaum anmutig Töpfe mit Kräutern und Gemüsebeete überschattete, in denen die Lauchstangen in geraden Reihen wie grüne Kirchensäulen und buschige Wedel von Möhrenkraut wie üppige Palmbäume wuchsen und wahre Lauben von Kartoffelblättern, an denen sich gerade eine große Raupe gütlich tat, die laut schmatzend große Laubfetzen abriß und verspeiste.

»Das ist ein Verwandter Elpenors«, sagte Mistress Mouffet. »Er heißt Manduca, was auf Latein nichts anderes bedeutet als ›Vielfraß‹ – ein nicht sehr schöner, aber zutreffender Name, denn er muß sehr schnell fressen, weil er so groß ist und so schnell wachsen muß. Trotz des häßlichen Namens ist er eine stattliche Raupe, finde ich. Hier drüben sind noch mehr Verwandte Elpenors, die sich von Weidenröschen ernähren: diese Sträucher gehören Mistress Cottitoe nicht;

ihre Samen fliegen mit dem Wind her und fassen überall Fuß. Und auf dem Baum hier sehen wir Verwandte Vinulas, die eine Schwäche für Weiden haben. Kommen Sie, dann zeige ich Ihnen die Puppe, in die Vinula sich einspinnt, um zu überwintern. Sehen Sie, dort, in dem Rindenspalt.«

Seth sah hin, konnte aber nichts erkennen.

»Er muß jeden Augenblick schlüpfen«, sagte Mistress Mouffet. »Ich bin hier, um den Zeitpunkt seiner Metamorphose aufzuzeichnen.«

»Ich sehe nichts«, sagte Seth.

»Und doch ist sein Haus, seine Wiege, sein Sarg oder wie immer Sie es nennen wollen, da«, sagte Mistress Mouffet. »Es ist fest aus zierlicher Seide gesponnen – er rollt sich zusammen und spinnt sein feines Leichentuch aus seinem Speichel, und sein Kopf dient ihm als Weberschiffchen. Jeder bildet sich sein eigenes Gehäuse. Manduca webt es nicht aus Seide, sondern baut sich einen Panzer aus Horn, ähnlich einem ägyptischen Sarkophag aus dunklem Mahagoni, der tief in der Erde vergraben wird, wo niemand seine Ruhe stört. Und Elpenor fertigt sich ein vergleichbares Gehäuse, nur heller, und verbirgt es an der Erdoberfläche. Sie haben derlei Dinge gewiß gesehen, als Sie – größer waren. Sie sind Ihnen ge-

wiß beim Umgraben im Garten untergekommen. Ihr Vater wird immer wieder darauf stoßen, wenn er seinen dornigen Boden bearbeitet. Und wenn man den Sarg zufällig während dieses Schlafs öffnet, den sein Erbauer schläft, so findet man weder eine Raupe noch einen zusammengelegten Falter, sondern eine gelbe Brühe, gelb wie Eigelb oder Eiter, die wie etwas Verwestes aussieht, obwohl sie im Gegenteil Leben und Wiedergeburt bedeutet. Der Schein trügt, junger Mann, das dürfen Sie nie vergessen.«
»Ich will es nicht vergessen«, sagte Seth, und ob es nun an diesem vortrefflichen Vorsatz lag oder an ersten Veränderungen, die sich bemerkbar machten – mit einemmal vermochte er die Puppe von Vinula zu erkennen; diese Puppe war ein großes Zelt oder Nest auf der Baumrinde, so unendlich geschickt aus Rinde und Holzstaub und Holz zusammengewoben, daß es aussah wie ein Auswuchs des Baumes und in nichts an eine Raupe oder einen Falter denken ließ. Aus diesem Gehäuse kam nun der noch weiche Kopf des Falters hervor, gefolgt von den schmalen Schultern und den feuchten, verklebten Flügeln, und dann hing das Geschöpf schwach und entkräftet mit seinen zarten Krallen an der Rinde.

»Jetzt läßt er seinen Pelz trocknen und wartet, daß die Flügel an der Luft und im Licht trocken und hart werden«, sagte Miss Mouffet, die offenbar großes Vergnügen daran fand, andere zu belehren. »Aber hier ist ein Bruder Elpenors, der bereits den Weg ins Freie gefunden hat und auf den Abend wartet, denn er ist ein Dämmerungsfalter wie alle Mitglieder dieser Familie. Ich finde, daß er mit seinem rosenfarbenen Körper, den rosigen Flügeln und den moosgrünen Streifen sehr hübsch anzusehen ist, beinahe wie die Knospe eines Moosröschens. Er ist ein Weinschwärmer.«

»Warum heißt er zuerst Elpenor und dann Weinschwärmer?« fragte Seth, der das schöne Flügelwesen mit den spitzen Flügeln und dem pelzigen Körper ehrfürchtig betrachtete. »Heißt er nur als Raupe Elpenor und als Falter nicht?«

Mistress Mouffet blickte ein wenig ratlos drein. Dann sagte sie: »Weinschwärmer heißt er, weil er zur Familie der Schwärmer gehört und die Raupen mit Vorliebe Blätter der Weinrebe fressen; Elpenor ist der Teil seines wissenschaftlichen Namens, der gewissermaßen seinen Vornamen bildet, aber am Ende steht – Deilephila elpenor, der mittlere Weinschwärmer, Deilephila porcellus, der kleine Weinschwärmer. Der Nachname Deilephila ist ein schönes Wort und ein treffender Name, denn er besagt: Freund des Abends. Und der wissenschaftliche Gattungsname der Schwärmer lautet Sphingidae – Sphinxfalter.«

»Und warum Sphinxfalter?« fragte Seth.

Miss Mouffet senkte die Stimme.

»Es gibt die Erklärung, daß die Raupen, wenn sie sich bedroht fühlen, den Vorderkörper erheben und eine ›Sphinxstellung‹ einnehmen. Aber wir dürfen nicht vergessen, daß Sphinx auch einer der vielen Namen der größten aller Feen ist, die diese Falter besonders liebt, weil sie Rätsel sind, wie sie selbst eines ist.«

»Rätsel, welche durch die Namen entschlüsselt werden?« fragte Seth.

»Diese auch, aber nicht sie allein.«

»Und zu welcher Familie gehört Cerura vinula, und was hat er für einen nichtwissenschaftlichen Namen?« fragte Seth, während er voller Erstaunen sah, wie die Flügel des Falters beim Trocknen einen herrlichen Silberton, mit Gold und Dunkelgrau gesprenkelt, annahmen und der feuchte Körper sich in einen weichen, grauen Pelz verwandelte.

»Er gehört zur Familie der Zahnspinner oder Notodontidae, was aus *nōtos* – Rücken – und

odontos – Zahn – gebildet ist, und an seinen Vorderflügeln kann man die kleinen Zacken oder Zähne erkennen. Sein nichtwissenschaftlicher Name bezeichnet dasselbe Merkmal wie der Name Cerura, denn er lautet Großer Gabelschwanz oder Weidengabelschwanz, was uns wieder auf die Nahrung der Raupen hinweist, und auch diese Raupen huldigen der Mimikry, indem sie sich als Drachen verkleiden.
Aber bald wird es dunkel, und dann wird der große Falter, der als Raupe Manduca hieß, sich auf den Weg über die Mauer machen. Ich kann ihn bitten, Sie mitzunehmen, denn er gelangt bis zu ihr, der großen Fee. Aber es ist eine Reise voller Schrecknisse, und der Ort, wo die Fee weilt, ist kein Ort für Hasenherzige, denn es gilt, ins Schattenreich einzutreten, aus dem wenige nur zurückkehren.«
»Wird sie mir helfen?«
»Sie hilft allen, wenngleich nicht alle ihre Hilfe als solche zu erkennen vermögen.«
»Wird sie den Zauber von mir nehmen?«
»Sie wird Sie verändern, denn sie verändert alles, und vielleicht wird sie auf diese Weise den Zauber von Ihnen nehmen.«
»Ich will es wagen«, sagte Seth. »Bringen Sie mich zu dem Falter.«

Als er den großen Sphinxfalter erblickte, war er voller Bewunderung, und Trost und Friede durchdrangen sein Gemüt: Die Flügel des Schmetterlings schimmerten in herrlichen dunklen Braun- und Grau-, Rosa- und Silbertönen. Die langen, behaarten Fühler des Insekts bewegten sich sacht im Dämmerlicht, und die Stimme des Tiers klang sanft und träumerisch. Miss Mouffet trat zu ihm und fragte, ob es bereit sei, den verwandelten Menschen in das Reich der Fee mitzunehmen, und es erwiderte in sanftem Ton: »Wenn er will, bin ich bereit.«
»Zeige ihm seinen Sattel«, sagte Miss Mouffet, die mit einemmal größer, dunkler und ernster aussah; sogar ihr silbriger Umhang wirkte nun geheimnisvoll und etwas unheimlich.
Und der große Falter breitete seine Flügel aus – die Hinterflügel waren von blaßgoldener Farbe mit rußigen Rändern –, und mitten auf seinem Rücken, in seinen Pelz eingewebt, sah man eine starre Maske, die Fratze eines Schakals oder eines Dämons oder eines menschlichen Totenschädels mit leeren Augenhöhlen. Und einen Augenblick lang grauste es Seth bei dem Gedanken, auf diesem Totenkopf in die Dunkelheit hinauszufliegen, und er dachte sogar bei sich: »Der Schein trügt vielleicht auch hier – wer

weiß, ob Miss Mouffet nicht in Wahrheit eine böse Hexe ist und ihre Sphinx mir nichts Gutes will.«

»Wie lautet der Name dieses Falters?« fragte er, obwohl er in seinem Inneren die Antwort ahnte.

»Er lautet Acherontia atropos oder Totenkopfschwärmer«, sagte Miss Mouffet. »Und Acheron ist der Totenfluß, der Fluß des Stöhnens an der Grenze des Totenreichs, über den Sie setzen müssen, und Atropos ist die Schicksalsgöttin, die den Lebensfaden abschneidet, doch seien Sie unbesorgt und beantworten Sie keck die Fragen der Fee, dann wird Ihnen nichts geschehen. Halten Sie sich gut an diesem Falter fest, was immer Ihnen begegnen mag, und bedenken Sie, daß der Schein trügt und daß der Totenkopf nicht der *Kopf* von Acherontia atropos ist, sondern ein weiches Nest, in dem Sie geborgen sind, wenn Sie es wagen wollen.«

Und Seth kletterte auf den großen Rücken des Falters, und dort oben waren die leeren Augenhöhlen weiche, braune Kissen, und er sagte Miss Mouffet Lebewohl.

»Ich wußte nicht, daß die Fee mir Fragen stellen wird«, sagte Seth.

»Sie ist das Rätsel, aber auch die Antwort«, sagte Miss Mouffet. »Und wenn Sie furchtlos sind und nicht vergessen, daß der Schein trügerisch ist, werden Sie die Antwort finden –«

»Und wenn ich sie nicht finde?« fragte Seth.

Miss Mouffets Antwort verlor sich im Schwirren der großen Flügel, als der Falter mit gleichmäßigen Flügelschlägen von der Erde abhob und geschwind in das Dunkel jenseits der Mauer flog.

Die Reise war voller schrecklicher und freudiger Erlebnisse, die sich jeder Leser selbst ausmalen darf. Bisweilen verdunkelten große, ledrige, gekrümmte Flügel den Mond, und bisweilen lag die Erde friedlich im silbrigen Licht unter ihnen. Sie flogen immer weiter, über Meere und Städte, Flüsse und Wälder, und dann flogen sie in eine tiefe Schlucht mit Felswänden hinein, so tief, daß das Licht der Sterne nicht mehr zu sehen war. Und als Himmel und Mond und Sterne verschwunden waren, enthüllte ein anderes Licht eine andere Welt, eine dunkle Welt, in der zuckende silbrige Feuer glommen und Regenbogenfarben schimmerten, deren Quelle nicht zu erkennen war. Und zuletzt landete der Falter auf den Stufen eines Tempels, der aus dem Fels gehauen zu sein schien und in einem dichten Hain von Bäumen lag, die stumm zu lauern schienen. Auf einer der Stufen saß ein kleiner Schwärmer

von grasgrüner Färbung, mit goldenen Hinterflügeln, der an diesem düsteren Ort an das Laub irdischer Bäume erinnerte.
»Das ist ein Verwandter von mir«, flüsterte Acherontia atropos, »und er heißt Proserpinus proserpina oder Nachtkerzenschwärmer. Er und seine Verwandten gehören zum Hofstaat der Fee, und er wird dich durch den Garten in die Höhle mitnehmen, wenn du es wünschst.«
Und Seth stieg ab und folgte dem kleinen grünen Falter. Innerhalb der Tempelumfassung befand sich ein zaubrischer Garten, in dem alles in Schlaf befangen schien. In dem seltsamen, gleichförmigen Licht lagen Rasenflächen voller Gänseblümchen mit geschlossenen Blüten, umrandet von Spalieren, an denen geschlossene Akeleiblüten rankten und in denen Vögel schliefen, und von trägen Bäumen, unter denen zusammengerollte Schlangen schliefen und Lämmer, die mit der Schnauze zwischen den Vorderhufen dalagen, und viele, viele andere Geschöpfe, alle ganz still und ruhig. Einzig die Falter und Motten bewegten sich, die die Blumen besuchten und die stille Luft geräuschlos mit ihrem schimmernden Gefieder zerteilten, den silbernen, mattbraunen, kalkweißen Flügeln.
Zu guter Letzt erreichten sie eine Höhle, aus der

das Licht zu dringen schien, das im einen Moment weiß und im nächsten vielfarbig getönt war. Motten tanzten im Licht, und hinter ihnen sah man einen dichten Schleier aus lebenden Seidenfäden, die sich unablässig bewegten. Und über dem Eingang der Höhle standen die Worte geschrieben: »Ich bin, was war und was sein wird, und kein Sterblicher hat je meinen Schleier gelüftet.« Und Proserpinus proserpina tanzte vor dem Schleier aus goldener Seide, der aus dem Licht dahinter gewirkt zu werden schien. Und dort, im Licht, stand eine Gestalt, die einen Stab oder eine Spindel hielt und die man durch den lebendigen Schleier hindurch, den sie unablässig spann, nicht genau sehen konnte, obwohl es Seth scheinen wollte, als habe er einen kurzen Blick auf ein Gesicht von großer Schönheit erhascht, von goldenem Licht bestrahlt, und dann wollte es ihm scheinen, als habe er einen fauchenden Löwen mit rotem Fell erblickt, der die blutigen Zähne fletschte. Und er fiel nieder und sagte: »Ich flehe dich an, mir zu helfen. Ich bin den weiten, langen Weg gekommen, um deine Hilfe zu erbitten.«
Ein kleiner graubrauner Falter, dessen Vorderflügel mit Hieroglyphen bedeckt zu sein schienen, sagte: »Ich bin Caradrina morpheus und

diene dem Schöpfer der Träume. An dich ergeht das Gebot, dich vor die Schwelle zu legen und im Staub zu schlafen und zu träumen, was sich an Träumen einstellen wird, mögen sie gut oder schlecht sein.«

Und so legte er sich am Eingang zur Höhle der Fee in den Staub, und Caradrina morpheus flog über seine Augenlider und bestäubte sie mit einem braunen, rußigen Pulver, und er fiel in einen tiefen Schlaf. Er träumte von Händen, die liebevoll seine Stirn berührten, und von heißem Atem an seinem Ohr, nach Blut und Eisen riechend, und er hörte eine Stimme, die rief: »Fürchte dich nicht«, und eine andere, die sagte: »Mich kümmert nichts, mag alles denn vergehn«, und in seinem Traum sah er alles, was auf der Erde war, wie einen großen Fluß einem tiefen Wasserfall entgegenfließen und sich in einem gewaltigen Strudel vermischter Materie hinunter ergießen – Flüssigkeit und feste Stoffe, Blut und Fell und Federn und Blätter und Steine, und er erwachte, indem er einen schrecklichen Schrei ausstieß, und das gleichförmige Licht schien wie zuvor.

Und da sprach ihn die Gestalt hinter dem Schleier mit leiser Stimme an, einer Stimme, die weder die einer Frau noch die eines Mannes war

und die ihn fragte, wer er sei und was sein Begehr sei.
Und so erklärte er sein Anliegen und bat um Hilfe für sich und für seine Gefährten.
Und die Stimme sagte: »Bevor dir geholfen werden kann, mußt du meine Frage beantworten.«
Und Seth sagte: »Ich will es gerne versuchen, denn mehr kann ich nicht tun.«
Und die Stimme sagte: »Die Frage heißt: Wie lautet mein Name?«
Und in seinem Kopf wirbelten Namen durcheinander, die Namen von Feen und Göttinnen und auch von Ungeheuern, und sie rauschten in seinen Ohren wie das Tosen von Wasser. Und er vermochte sich für keinen zu entscheiden, und er schwieg.
»Du mußt antworten, Seth. Du mußt mir einen Namen geben.«
»Wie soll ich dich nennen, die du mehr Namen hast als alle Geschöpfe der Welt, die selbst so viele Namen haben, wo Elpenor Schwärmer und Freund des Abends und Sphinx heißt und dabei nur ein kleiner rosenroter Falter ist? Wie soll ich dich nennen, dich, der jeder Name gleichgültig sein muß, die du dich hinter einem Schleier verbirgst, dem Bild aller Geheimnisse, wie mir dünken will, dem großen Schleier der Natur, gewebt

aus Lebendigem, geschaffen von der Hand der wirkenden Mutter Natur –«

Und plötzlich tanzten die Falter wie rasend, und das Licht hinter dem seidenen Schleier bewegte sich vor Lachen, und die Stimme sagte: »Du hast das Rätsel gelöst, denn Mutter Natur ist einer meiner Namen und sogar einer meiner liebsten Namen. So heiße ich seit Anbeginn der Zeiten, und dir hat das Zutrauen geholfen, mein Rätsel zu lösen. Ich werde dir helfen – ich werde dich zur Fee Cottitoe Pan Demos zurückschicken und dir Caradrina morpheus als Begleiter mitsenden, der sich in den Palast und in den Garten einschleichen und durch sein Zauberpulver alles dort in tiefen Schlaf versetzen kann. Und im Traum werden manche von ihnen die schönsten Dinge sehen und manche die abscheulichsten Schrecknisse, denn Caradrina morpheus mag uns wie ein unbedeutendes kleines Geschöpf erscheinen, aber er hat noch einen anderen Namen und ein anderes Aussehen – denn auch hier siehst du, daß der Schein trügt –, und dann ist er Phobetor, der, welcher Schrecken verbreitet. Er muß dir als Bundesgenosse genügen, obwohl seine Macht über Mistress Cottitoe nicht lange anhält, weil sie einen starken Willen hat und sogar inmitten dunkler

Träume seinen Zauber brechen kann. Deshalb mußt du dich beeilen, wenn du die verzauberten Wesen befreien willst, und um sie zu befreien, wirst du sie mit diesem unscheinbaren Kräutlein namens Moly berühren. Und nach deiner Rückkehr wirst du auf die gleiche Weise deinen früheren Zustand zurückerlangen. Hier hast du viele Formen und Größen, wie du vielleicht gemerkt hast, denn du bist das, als was du in der Pupille meines Auges aufscheinst, die du nicht sehen kannst, weil sie hinter dem Schleier verborgen ist und dort wie ein dunkler Mond enger wird und sich vergrößert, wie es mit den Pupillen der Katzen geschieht. Und das, was ich sehe und was mein Auge widerspiegelt, ist deine Hülle, die enthält, was aus dir werden kann – so wie die Puppe des Totenkopfs, die nicht umsonst so heißt. Klein bist du, Seth, in meinem Blick, und vielleicht wirst du in ihm wachsen oder schrumpfen oder gar vergehen, wenn ich nur mit den Augen blinzele. Und indem du dich für Gut oder Böse entscheidest, wirst du meine Pupille oder meine Hülle erblicken, denn alles ist einfach und doppelt, und der Schein trügt.«
Und darauf lachte die Gestalt hinter den Schleiern nochmals ein kurzes Lachen und seufzte ganz leise, und vielleicht blinzelte sie für einen

Augenblick, denn Seth konnte zuletzt den eigenen Blick abwenden, und draußen wartete der weiche, summende Falter Acherontia atropos darauf, ihn zurückzubringen, und Caradrina morpheus begleitete sie.

Und alles kam so, wie Mutter Natur es vorausgesagt hatte. Sie warteten in der Mauer auf die Abenddämmerung, und in ihrem Schatten flog Morpheus davon wie ein Blatt, das der Wind über den Rasen bläst, und er flog über die Schwelle in den großen Festsaal, wo er die Flügel ausbreitete und zu einem wahren Ungeheuer anwuchs, so groß wie ein Adler, und er schüttelte seine Flügel und erfüllte den Raum mit einer Wolke dunkelbraunen Staubs. Und die Ziege und die Färse und der Spaniel verharrten dort, wo sie standen, wie Steinblöcke, und Mistress Cottitoe streckte ihren silbernen Stab aus, um nach dem Unhold zu schlagen, und mußte vor lauter Staub niesen wie ein altes Weiblein, das zuviel Schnupftabak genommen hat, und erstarrte ebenfalls. Und darauf kam Seth durch eine Seitentür herein und eilte in die unterirdischen Verliese, um seine Gefährten zu befreien, die sich umsahen und blinzelten und ihn in ihrer Aufregung beinahe totgetreten hätten, weil er vergessen hatte, sich selbst zurückzuverwandeln, was er daraufhin tat, und er erschien in ihrer Mitte wie durch Zauberei, was in diesem Fall heißt: *durch Zauberei*, und sie waren voller Staunen und Freude.

Und als sie eilends den Palast verließen, neuen Abenteuern entgegen, hörte Seth neben seinem Ohr ein Summen, und am Ende einer seidenen Schnur schwebte die schmale, schwarze Gestalt Miss Mouffets, kaum größer als sein kleiner Finger, und ihre Brillengläser glitzerten fröhlich. Und Seth dankte ihr und machte, daß er fortkam, denn er wußte, daß er gut daran tat, weit, weit fort zu sein, wenn Mistress Cottitoe Pan Demos erwachte und den Garten mit ihrem Zorngeschrei erfüllte.

Drachenodem

Vor langer, langer Zeit lebte in einem Dorf, das in einem Tal gelegen war, welches hohe Berge umgaben, eine Familie, zu der zwei Söhne und eine Tochter zählten, und diese hießen Hans, Heinz und Eva. Das Dorf lag auf einem Ausläufer der Berge, und tief unten im Tal befand sich ein See, kristallklar am Ufer und schwarz wie Tinte in seiner unergründlichen Mitte. Im Schatten der Gipfel wuchsen dichte Tannenwälder, aber das Dorf umgaben Wiesen voller Blumen und Obstgärten und Getreidefelder, deren Ertrag nicht üppig war, aber für die Bedürfnisse der Dorfbewohner genügte. Die Berggipfel mit ihren bläulichen Gletschern und glitzernden Schneeflächen waren unbezwingbar, und die Berge hinab reichten lange Spalten, die an die Furchen eines riesenhaften Plugs gemahnten. In England heißt es, die kreisförmigen Einkerbungen um manche Hügel herum seien in uralten Zeiten durch den Griff von Drachen entstanden, und in diesem Lande ging die Legende, daß die Spalten vom Herabkriechen riesiger Schlangen herrührten. Des Abends erzählten Eltern am Feuer ihren Kindern, die sich

wohlig gruselten, von den feuersprühenden, sich windenden Drachen.
Heinz, Hans und Eva fürchteten sich nicht vor Drachen, aber jeder von ihnen fürchtete auf seine Weise die Langeweile. Das Leben in diesem Dorf war sich immer gleich, Generation um Generation. Man wurde geboren, man verliebte sich, man bekam Kinder und Enkelkinder, und man starb. Um der Wahrheit die Ehre zu geben, müssen wir eingestehen, daß die Dörfler ein wenig inzüchtig waren, denn die Außenwelt war weit weg und schwer zu erreichen, und nur des Sommers kamen hin und wieder einzelne Händler zu ihnen. Die Dorfbewohner fertigten auf Handwebstühlen nach althergebrachter Weise Teppiche, für die sie nur ganz bestimmte Planzenfarben verwendeten, welche sie selbst herstellten – blutrot, dunkelblau mit einer Spur Grün, sandgelb und kohlschwarz. Es gab nur wenige festgelegte Muster, die kaum variierten: ein Baum mit Zweigen und mit Früchten, die an Granatäpfel erinnerten, und mit Vögeln auf diesen Zweigen, die entfernt Fasanen ähnelten, oder ein etwas abstrakteres geometrisches Muster, bei dem Scheiben in einer Farbe auf einem Zickzacknetz in einer zweiten angebracht waren, die sich beide von der dritten, der Grund-

farbe, abhoben. Diese Teppiche wurden meist von den Frauen gefertigt, die außerdem kochten und wuschen. Die Männer kümmerten sich um das Vieh, bestellten die Felder und musizierten. Sie besaßen ein eigenes Musikinstrument, eine Flöte mit klagendem Ton, die es sonst nirgends gab, obwohl die meisten von ihnen nicht weit genug in der Welt herumgekommen waren, um das zu wissen.

Heinz war Schweinehirt, und Hans bestellte die Felder, säte und erntete. Heinz hatte ein Lieblingsschwein, einen jungen Eber namens Boris, ein gewitztes Geschöpf, das gerne ausriß und an den unwahrscheinlichsten Plätzen Trüffeln fand, doch auch die Späße des Ebers konnten Heinz' Langeweile nicht auf Dauer vertreiben. Heinz träumte von großen Städten jenseits der Berge, in denen große Menschenmengen eilig und geschäftig dahinströmten, lauter verschiedene Gesichter. Hans liebte es, dem Getreide beim Wachsen zuzusehen, wenn die grünen Spitzen die schwarze Erde durchbrachen, und er verstand sich darauf, Pilze und wilden Honig zu finden, doch diese Genüsse konnten seine Langeweile nicht auf Dauer vertreiben. Er träumte von kunstvoll angelegten Gärten innerhalb hoher Mauern, die gewaltige Paläste umgaben. Er

träumte von raffinierten Sinnesempfindungen, von Gewürzen und feurigen Spirituosen, wie man sie im Dorf nicht kannte. Und er träumte von wilderen Tänzen, von Körpern, die sich zur Musik von Instrumenten, die er nur vom Hörensagen kannte: Zither, Bongotrommel, Konzertfügel, Triangel, unbeschwert bewegten.
Eva webte die Teppiche. Es schien ihr, als könne sie im Schlaf weben, und so war es in der Tat, wenn sie erwachte und merkte, daß ihre Gedanken um Muster und Farben kreisten, den Kettfaden schlungen und Schiffchen und Schuß bewegten. Sie träumte von unbekannten Farben, von Purpur, Zinnober, Türkis und Orange, von Farben, wie sie Blumen und Federn haben, weiche Seidenstoffe und grobe Baumwollgewebe. Sie träumte vom Meer, von dem sie keine Vorstellung hatte, sie träumte vom Salzwasser und schmeckte die eigenen Tränen der Ungeduld. Sie war keine gute Weberin, sie zog die Fäden zu straff, und ihre Muster waren schief, aber das war nun einmal ihre Aufgabe. Sie war Weberin. Wie gern wäre sie ein Forschungsreisender gewesen, ein Seemann, ein gelehrter Arzt, eine Opernsängerin vor dem grellen Scheinwerferlicht und dem Geschrei der Menge!
Vielleicht war das erste Anzeichen das, was die

Jäger von ungewöhnlichen Lawinen hoch oben in den Bergen berichteten. Vielleicht waren es auch, wie manche später behaupteten, die Sonnenaufgänge von allzu grellem rosigem Schein, die Sonnenuntergänge von allzu dramatischem Karmesin. Und dann vernahm man sonderbare Geräusche des Grollens und Krachens oberhalb der Schneegrenze, Geräusche, über die man beriet, wie man über alles beriet, auch über jedes ungewohnte und unbekannte Geräusch, mit abgewogenen und abgedroschenen Wendungen, die Hans und Heinz vor Grimm ob des ewiggleichen Vorgehens mit den Zähnen knirschen ließen. Nach einiger Zeit jedoch war unübersehbar, daß auf den Bergen oberhalb des Dorfes bei Tag und Nacht ein feuriger Dunst unruhig flackerte, ein Dunst von rauchigem Lachsrosa, hin und wieder von karmesinroten und goldenen Funken durchschossen. Es waren recht eigentlich schöne Farben, befanden die Dörfler, die von ihren Häusern aus beobachteten, wie die bunten Farbstreifen in der graublauen rauchigen Luft aufblitzten und vergingen. Darunter wich das Weiß des Schnees zunehmend dem nackten Grau nassen Gesteins und dem Schimmern und sogar Dampfen des Schmelzwassers.

Gewiß ängstigten sie sich von Anfang an: Sie erkannten sehr wohl, daß große Veränderungen stattfanden, daß alles in Bewegung geraten war, Erde und Luft, Feuer und Wasser. Doch in die Angst mischte sich nicht wenig erregtes *Interesse*, sogar eine gewisse Freude an der Abwechslung und ein ästhetisches Vergnügen, für das sich viele von ihnen später schämten. Jagdgesellschaften machten sich in die Richtung des Phänomens auf und berichteten bei der Rückkehr, daß der Berg sich zu bewegen schien, daß er kochte und brannte und es fast nicht möglich war, durch die dicken Wolken aus Asche und Rauch und Dampf, die alles einnebelten, hindurchzusehen. Soweit man wußte, war das Gebirge nicht vulkanischer Natur, aber das Leben des Menschen ist kurz, verglichen mit der Geschichte von Felsen und Steinen, und so rätselten sie und debattierten und waren unschlüssig.

Nach einiger Zeit sah man am Horizont Wölbungen, die aussahen wie die Knöchel einer Riesenfaust, sechs Gebilde, wo vorher nichts gewesen war, Gebilde, die aus der Ferne das Ausmaß großer Hütten oder kleiner Häuser zu haben schienen. Und die nächsten Wochen über bewegten sich die Gebilde, eingehüllt in Rauch und Funkenflug, langsam und beharrlich, eines neben dem anderen, ohne jemals innezuhalten,

den Berg hinunter. Und jeder dieser Klumpen zog einen langen, starren Schlauch hinter sich her oder einen Furchenrain oder Erdwerk, wenn man so will, als sie über den Berggrat krochen, über den Rand dieser begrenzten Welt, und langsam voran- und hinabglitten.
Tapfere Männer gingen auf Erkundung, doch sie mußten vor den Wolken zischenden Dampfes und dem herniederprasselnden glühenden Steinregen kehrtmachen. Zwei Freunde, als kühne Jäger bekannt, wagten sich weiter vor und wurden nie wieder gesehen.
Eines Tages sagte eine Frau in ihrem Garten: »Es sieht fast aus, als wäre es kein Erdrutsch, sondern als kämen Ungeheuer auf uns zugekrochen, unförmige Schlangen mit riesigen Köpfen, mit dicken, fetten, kahlen Köpfen voller Knubbel und Geschwüre, Pusteln und Warzen, mit scheußlichen roten, wäßrigen Augen, die in tiefen Höhlen in der eklen Haut blutrot funkeln, zwölf Augen, seht ihr sie nicht, und mit zwölf behaarten Nüstern auf den stumpfen Schnauzen aus grauem Schlamm.« Und nach langem Debattieren und Vergleichen und Beschreiben konnten alle sie sehen, und sie waren genauso beschaffen, wie sie gesagt hatte – sechs fette, ungeschlachte, abscheuliche Köpfe mit unförmigen

Körpern, die so lang waren, wie es der Weg von ihrem Dorf bis zum nächsten Dorf war, und die Ungeheuer krochen mühsam dahin, schmerzlich sogar, hatte es den Anschein, aber unaufhaltsam und tödlich langsam.

Als sie näher gekommen waren – und ihre Langsamkeit hatte etwas Traumgleiches, Unwirkliches –, konnte man ihre riesigen Mäuler erkennen, Mäuler, so groß wie Wale und mit harten, hornigen, sensengleichen Kiefern bewehrt, mit denen sie wie mit schrecklichen Schnäbeln die Erde und was sich auf ihr befand, verschlangen, um es herunterzuwürgen – Büsche, Zäune, Heuhaufen, Obstbäume, ein paar Ziegen, eine schwarz-weiß gescheckte Kuh, einen Ententeich mit seinem gesamten Inhalt … Sie schlangen und würgten mit einem pfeifenden Geräusch und spieen feine Asche aus oder ließen sie von ihren Lippen rieseln, und diese Asche legte sich auf alles. Und vor ihnen her stob die Aschewolke und legte sich auf alles in den Häusern und Gärten, bedeckte als Film die Fensterscheiben und das Wasser in den Brunnen. Oh, wie stank die Asche, sie stank ganz unbeschreiblich! Zuerst schimpften die Leute und wischten die Asche weg, und dann gaben sie das Wischen auf, weil es gar keinen Sinn hatte, und begannen sich zu fürchten. Alles ging so langsam vor sich, daß eine Zeitlang unwirkliche Furcht herrschte, eine Art Nervenkitzel, bevor die echte, panische, lähmende Angst Besitz von ihnen ergriff, und das geschah, als die Unwesen so nah gekommen waren, daß Männer und Frauen ihre feurigen Zungen und ihre Augen sehen konnten, aus denen eine Substanz triefte, die wie schmelzendes Gummi aussah. Ihre Flammenzungen sahen ganz anders aus als die harmlosen roten Banner der Drachen auf den Kirchenfresken, ganz anders als die Flammenschwerter der Erzengel. Sie waren wie dickflüssige Glut, bedeckt von einer ledrigen, durchsichtigen Haut voller tiefroter Warzen und wirsinggroßer Geschmacksknospen, die wie Kohlen glühten, und sonderten einen schwefligen Speichel ab, der einen solchen Gestank von Verzweiflung und Vernichtung ausdünstete, daß man hätte glauben können, er werde sich niemals mehr tilgen lassen. Die Körper dieser Wesen, die sich aufbäumten und voranschlitterten und alles zermalmten, waren abstoßend, und die Gesichter waren zu groß, um als solche wahrgenommen zu werden – man konnte sie nur nach und nach in Teilen erkennen –, aber am schlimmsten war der Gestank, und er bewirkte zuerst Furcht und dann Panik

und zuletzt eine schicksalsergebene, zitternde Lähmung, wie sie Kaninchen vor Wieseln oder Mäuse vor Vipern überkommt.
Viel zu lange hielten die Dorfbewohner sich damit auf zu überlegen, ob ihr Dorf wirklich gefährdet war. Sie überlegten, ob es Möglichkeiten gab, die Ungeheuer umzuleiten oder zu zerstören, doch all das erwies sich als fruchtlos. Sie überlegten, ob der Weg dieser Geschöpfe tatsächlich durch ihr Dorf führen werde oder ob sich abschätzen lasse, daß er links oder rechts daran vorbei verlief. Im Nachhinein sollte es ein Leichtes sein, einzusehen, daß das Dorf von Anfang an unübersehbar mitten auf dem Weg der unheilvollen Lawine lag, aber Hoffnung täuscht und Untätigkeit täuscht, und es fällt schwer zu glauben, daß das, was so stabil wie Stein erschien, verschwinden kann. Und so kam es, daß die Dorfbewohner es immer wieder hinausschoben, sich Gedanken über die Evakuierung ihres Ortes zu machen, und zuletzt Hals über Kopf die Flucht ergriffen, im Gestank und Rauch des übelriechenden Drachenodems hin und her rannten und ihre Habe zusammenrafften, um sie fallen zu lassen und andere Dinge aufzuheben und den Anblick eines wimmelnden Ameisenhaufens zu bieten. Sie eilten mit Säcken voll

Getreide und mit Kochtöpfen in den Wald, mit Federbetten und mit Speckseiten, völlig fassungslos angesichts der Nähe der abscheulichen Kreaturen. Niemand wußte zu sagen, ob die Ungeheuer die Menschen wirklich sehen konnten. Menschen befanden sich ebensowenig in ihrem Gesichtsfeld, wie die kleinen Wesen auf unserer Kopfhaut oder auf den Salatblättern, die wir essen, für uns erkennbar oder von Bedeutung sind.

Das Leben der Dörfler im Wald wurde eintönig, sogar langweilig, denn es liegt in der Natur des Menschen, in den Zeiträumen der Ereignislosigkeit zwischen Anspannung und Schrecken Langeweile empfinden zu können. Sie froren ganz entsetzlich, besonders nachts, und in ihren Bäuchen rumorte es unablässig, was zum Teil an der Angst lag und zum Teil an der unausgewogenen Ernährung. Sie wußten, daß sie außerhalb der Reichweite des Odems der Drachen weilten, und doch schien es ihnen, als könnten sie seinen grausigen Geruch wahrnehmen, sie rochen ihn in ihren Träumen, im Rauch, der gekräuselt von ihrem Lagerfeuer aufstieg, in den verfaulenden Blättern, die zu Humus wurden. Sie hatten Wachen aufgestellt, die in der Ferne das Dorf sehen konnten, die sahen, wie die Reihe unförmiger

Köpfe sich unmerklich voranbewegte, und die Flammen aufflackern und Rauch aufsteigen sahen, wo Häuser in Brand gerieten. Sie mußten die Zerstörung ihrer Welt mit ansehen, und dennoch empfanden sie eine Art Überdruß, die das Elend, das sie erlitten, nicht eben milderte. Nun könnte man fragen, wo die Ritter waren, wo die Krieger waren, die hinausreiten und versuchen konnten, einen Pfeil oder eine Kugel zwischen die triefenden Augen zu schießen. Davon ging die Rede an den Lagerfeuern, doch kein Held stellte sich ein, und das war ganz gewiß gut so, denn diese Wesen waren ganz gewiß mit menschlichen Waffen nicht verwundbar. Die Dorfältesten sagten, es sei das beste abzuwarten, denn die riesigen Körper der Unwesen wären tot mitten im Dorf kaum weniger unheilbringend gewesen als lebendig. Die alten Frauen sagten, in alten Geschichten heiße es, der Odem der Drachen lähme den Willen, doch als sie um Ratschläge gebeten wurden, wußten sie nichts zu sagen. Eva stellte fest, daß man des Lebens überdrüssig werden konnte, weil man auf dem harten Erdboden auf einer Baumwurzel schlafen mußte, die sich einem ins Fleisch drückte und zur Qual wurde.

Heinz und Hans begaben sich zu guter Letzt mit einigen anderen jungen Männern zum Dorf zurück, um aus der Nähe Art und Ausmaß der Verwüstung in Augenschein zu nehmen. Sie stießen auf einen dichten Vorhang übelriechenden Rauchs und Feuers, der sich über viele Morgen Weidelandes und Getreidefelder erstreckte und hinter dem die großen, höckrigen, felsartigen Köpfe sichtbar wurden, die jetzt weiter auseinander voranglitten, den Wasserläufen in der Mündung eines überfluteten Deltas vergleichbar. Hans sagte zu Heinz, daß dieser Umstand ihnen kaum Hoffnung lasse, irgend etwas im Dorf intakt vorzufinden, und Heinz erwiderte zerstreut, es seien Gestalten zu erkennen, die sich im Rauch bewegten, und dann sagte er, es seien Schweine, die quiekend hin und her liefen. Ein keuchendes und quiekendes Schwein sprang aus dem Rauch auf sie zu, und Heinz rief: »Boris!« und lief hinter seinem Schwein her, das erschreckt grunzte und kehrtmachte, in die Düsternis zurück, gefolgt von Heinz, und Hans sah die rußigen Silhouetten von Mensch und Schwein, und dann hörte er ein abscheuliches schmatzendes Geräusch, und ein heißer, stickiger, würgender Gluthauch schlug ihm entgegen, und er verlor das Bewußtsein. Als er wieder zu Sinnen kam, bedeckte klebrige Asche seine Haut, und ihm war, als vernähme er das Glucksen und Gurgeln im Gedärm des Ungeheuers. Im ersten Augenblick war ihm, als würde er am liebsten liegenbleiben und sich zusammen mit Feld und Hecke verschlingen lassen, aber dann merkte er, daß dem nicht so war, und nach und nach robbte, kroch und stolperte er dem Ungeheuer ein Stück aus dem Weg. Dann lag er zusammengekrümmt unter einem Dornbusch, und ihm war sterbenselend zumute, bis es ihm gelang, sich mühsam aufzurichten und zum Lager im Wald zurückzukehren. Er hoffte, daß auch Heinz wiederkommen würde, aber eigentlich überraschte es ihn nicht, daß dies nicht geschah.

Und so ging es weiter, wochenlang und monatelang – Asche und Funkenregen erfüllten die Luft, Kleidung und Haut der Menschen waren von dem ekelerregenden Geruch getränkt –, bis die unförmigen, abscheulichen Geschöpfe allmählich weiterkrochen, über Felder und Wiesen, und tiefe Furchen hinterließen, in denen nur nacktes Gestein war, keinerlei Leben mehr. Und von einem Hügel aus sah man, wie die Ungeheuer nebeneinander das sandige Seeufer erreichten und ohne innezuhalten weiterkrochen, als gehorchten sie einem inneren Zwang oder einer biologischen Notwendigkeit, wie Frösche und Schildkröten sich zum Laichen ins Wasser begeben. Und die großen Köpfe neigten sich zur Wasseroberfläche, und wo sie sie berührten, kochte sie auf und dampfte und spritzte wie in einem großen Kessel. Und dann verschwanden die Köpfe unter dem brodelnden Wasserspiegel, und das Wasser blubberte und zischte, während die langen Körper Tag um Tag langsam über den Sand in das Wasser krochen, bis nur mehr an den seichteren Stellen unförmige, scheußliche Wölbungen zu erkennen waren und eines Tages, so ungewiß man sich zuerst über ihr Kommen gewesen war, nicht mehr zu leugnen war, daß sie tatsächlich fort waren, daß die Ungeheuer sich in, durch oder unter den See gestürzt hatten und von ihnen nichts zurückgeblieben war als die Verwüstungen, die ihre Körper und ihr Feuerodem im Boden, im Fels und in der Vegetation gewirkt hatten.

Als die Dorfbewohner zurückkehrten, um ihr Dorf aus der Ferne zu betrachten, bot sich ihnen ein Bild des Jammers: plattgewalzte Häuser, entwurzelte Bäume, verbrannte, durchfurchte, aschebedeckte, rauchende Erde. Sie wanderten zwischen den Ruinen umher, hoben Ziegel und Balken auf, und manche – wie es bei manchen eben der Fall ist – fanden verlorengeglaubte Schätze und Kleinigkeiten in der Asche, eine Münze, ein halbes Buch, einen verbeulten Kochtopf. Und andere, die im anfänglichen Chaos verschwunden waren, kamen wieder, mit versengten Augenbrauen und verschmierten Gesichtern, und andere nicht. Hans und Eva kehrten zusammen zurück, und zuerst wußten sie nicht, wo sie die Ruinen ihres einstigen Hauses suchen sollten. Doch hinter einem Schutthaufen sahen sie es plötzlich unversehrt dastehen. Eine der von den Drachen gegrabenen Furchen verlief parallel zum Gartenzaun, aber der Zaun war da, und innerhalb des Zauns war der Garten, waren Veranda, Türen und Fenster wie eh und je, nur daß überall Asche wehte. Und Hans hob den Stein auf, unter dem früher der Schlüssel aufbewahrt wurde, und auch der Schlüssel war da wie früher. Und Hans und Eva betraten ihr Haus, und die Tische und Stühle waren noch da, der Kamin und der Bücherschrank und Evas Webstuhl vor dem Fenster, aus dem man die Berghänge und die Berggipfel sah. Und es polterte an der Hintertür, und Hans öff-

nete sie. Und da stand Boris, das Schwein, ein wenig kleinlaut und umgeben von einem starken Röstfleischaroma, ohne eine einzige Borste auf seiner verbrannten Schwarte, aber seine Schweinsäuglein funkelten vor Wiedersehensfreude.
Als sie sahen, daß das Schwein durch ein Wunder oder eine glückliche Fügung dem Odem der Drachen und ihren Flammenzungen entkommen war, hofften sie natürlich, daß auch Heinz einst zurückkehren würde. Sie hofften es tagelang und monatelang und hofften es wider besseres Wissen jahrelang. Aber er kam nicht.

Eva schüttelte ihren Teppich aus, der mit nur wenig Asche bedeckt war, weil die Fenster dicht verschlossen gewesen waren. Sie sah die Farben – rot, blau, gelb, schwarz –, als hätte sie nie zuvor Farben gesehen, und dennoch sah sie sie voll schmerzlicher Freude ob ihrer Vertrautheit. Hätte ein Archäologe diesen Raum und diesen Teppich auf dem Webstuhl darin etwa zweitausend Jahre später entdeckt, hätten ihn Erregung darüber, wie gut erhalten diese Dinge waren, und lebhaftes Interesse an der Handwerkskunst und am gleichmäßigen Verlauf des Alltagslebens, die sich aus diesen Gegenständen erraten ließen, erfüllt. Ein solches Erstaunen verspürte Eva nun angesichts ihres eigenen Werks, angesichts des hartnäckigen Weiterbestehens von Holz und Wolle und beinernem Schiffchen, des halbgewebten Baumes mit seinen nistenden Fasanen und üppigen Granatäpfeln. Und in ihrem Inneren war sie bewegt und erschüttert durch diesen Ausdruck ihrer eigenen Vergangenheit und der Vergangenheit ihrer Mutter und ihrer Großmutter, durch die Spuren ihrer kurzzeitigen Gewandtheit und Könnerschaft und die ihrer weniger kurzzeitigen Ungeschicklichkeit, Angespanntheit, Bedrücktheit und Nervosität. Und auch Hans empfand Entzücken und Verwunderung, als er wieder und wieder im Haus umherschritt, von den Fenstern, vor denen Rauch und Zerstörung lagen, zu denen, hinter welchen die unveränderlichen Berge emporragten. Beide umarmten Boris, das verlorene und heimgekehrte Schwein, und spürten seine feuchte Schnauze und seinen warmen Körper. Diese Gefühle des Erstaunens und Entzückens sind das Gegenteil, das denkbar größte Gegenteil der Langeweile, und viele erfahren sie nur nach Furcht und Verlusten. Hat man sie jedoch einmal erlebt, so kann man sie nie wirklich vergessen, davon bin ich überzeugt; sie werfen Funken paradiesischen

Lichts zu den seltsamsten Zeiten auf die seltsamsten Orte.

Die Dorfbewohner bauten ihr Dorf wieder auf, und gerettete Dinge in erhaltenen Häusern befanden sich neben neuen Häusern, in deren Gärten neue Blumen und Pflanzen wuchsen und neue Schößlinge gesetzt wurden. Die Leute begannen, Geschichten über die Ankunft der Ungeheuer von den Bergen zu erzählen, und auch diese Geschichten waren das Gegenteil von Langeweile. Asche und übelriechender Odem, Zermalmen und Verschlingen wurden darin interessant, aufregend, beinahe etwas Schönes. Manches wurde zu Geschichten, und über anderes wurde geschwiegen. Hans erzählte davon, wie mutig und kühn Heinz sich in den brodelnden Rauch gestürzt hatte, um sein Schwein zu retten, und niemand erzählte von der langen und quälenden Trübsal der schwindenden Hoffnung auf seine Wiederkehr. Die glückliche Heimkehr des gewitzten Schweins wurde besungen, nicht aber sein Schicksal, unvermeidbar, wie es in jenen harten Zeiten war. Und im Verlauf der Zeit wurden diese Geschichten, die aus dem Staunen der Menschen ob des eigenen Überlebens entstanden waren, für ihre Kinder und Enkelkinder ein wirkmächtiger Zauber gegen die Langeweile, denn sie sind in Rätsel gekleidetes Wissen um das wahre Verhältnis von Frieden und Schönheit und Schrecken.

Nachwort

Märchen erzählen

Märchen sind verwandt mit Träumen, der vielleicht ersten Erfahrung vieler mit einer Narration des Nichtrealen, und mit Mythen. Realismus steht in Beziehung zum Erklären und Ordnen – die Geschichte vom Mann in der Bar, der Ihnen sein Leben erzählt, der Historiker, der die Entscheidungen von Generälen und den Niedergang von Wirtschaftssystemen erklärt. Große Romane scheinen mir beiden Erzählweisen, beiden Sichtweisen verplichtet. Da der Realismus jedoch agnostisch und skeptisch, menschlich und vernünftig zugleich ist, war ich immer der Ansicht, daß *dort* meine Aufgabe liege. Und dennoch rührt der Impuls zu schreiben – wie ich sehr wohl weiß – von den Legenden und Märchen her, die ich jahrelang unter der Bettdecke las, von Entzücken, Freiheit und Schrecknissen der Welten und Geschöpfe, die es nie wirklich gegeben hat. In meiner Kindheit hatte ich als Lieblingsbuch eine Abhandlung aus dem 19. Jahrhundert über germanische Mythologie mit dem Titel *Asgardh und die Götter*, die meine Mutter in den zwanziger Jahren gekauft hatte, um sich auf ihre Examina in Altnorwegisch und Isländisch vorzubereiten. Mit Inbrunst versetzte ich mich in die Welt des arglistigen Loki, des Fenriswolfs, der Wilden Jagd und der Wanderungen Odins, während ich für die Bibelgeschichten, die zu *glauben* man von mir verlangte, keine rechte Begeisterung aufbringen konnte, sondern eher Ratlosigkeit empfand. Ich erinnere mich, daß ich malen sollte, wie Jael ihrem schlafenden Gast Sisera den Pflock durch die Schläfe schlug, was einen ganz anderen Eindruck bei mir hinterließ als Medeas Verrat, weil es mir als historisches Exempel tugendhaften Handelns dargestellt wurde. Ich erinnere mich, daß ich die Geschichte von der Auferstehung *nicht glaubte* und eine Mischung aus Schuldgefühlen und Widerwillen empfand, weil man von mir historischen Glauben statt imaginativer Zustimmung erwartete. Und deshalb erfuhr ich die Welt durch *Asgardh* und die griechischen Mythen und durch Grimm und Andersen, denn die Welt ist zweifellos nicht nur die, wie sie uns die Geschichtsbücher schildern.

In jüngster Zeit hat man sich verstärkt für Märchen interessiert. Die ersten Psychoanalytiker beschäftigten sich mit der Beziehung zwischen

Märchen und Träumen und dem Unbewußten; Bruno Bettelheims Studie *Kinder brauchen Märchen* beschreibt *eine* der Funktionen solcher Erzählungen innerhalb einer Kultur – eine ebenso fesselnde wie begrenzte Erklärung. Niemand wollte bestreiten, daß eine Deutung von *Dornröschen*, die die charakteristische Starre des jungen Mädchens vor dem sexuellen Erwachen betont, inspiriert und treffend ist, und dennoch ist sie ungenügend, denn den Zauber des Rosendickichts oder das Rätselhafte um den Blutstropfen auf dem verletzten Finger kann sie nicht erklären. Marina Warner hat erst kürzlich nachgewiesen, daß die Figur der bösen Stiefmutter in mittelalterlichen und Renaissance-Gesellschaften auf schreckliche Weise Realität war, da viele Frauen im Kindbett starben und Waisen hinterließen, doch erklärt das nicht unser Entsetzen vor dem feindseligen Elternteil oder vor der Hexe. Feministinnen unserer Tage haben sich des »Irrationalen« am Märchen bedient, um weibliche Wünsche und Träume zu erkunden, und sie haben Erzählungen umgeschrieben, um die Heldinnen mit Macht auszustatten, bisweilen mit dem Argument, in den ursprünglichen Märchen seien Frauen ausnahmslos duldende Opfer, was keineswegs stimmt. Es gibt genug gewitzte Prinzessinnen und Bäuerinnen und Göttinnen – gerade das ist eine der erfreulichen Seiten dieser anderen Welt. Autoren wie Salman Rushdie haben sich des Märchenstoffs bedient, um ein Bild bestimmter Gesellschaften mit satirischer Freiheit zu beleuchten und um mit der Realität und dem Phantastischen zu spielen, wie es seit alters in allen Gesellschaften geschieht. Das Kunstmärchen ist eine wunderbare geschmeidige Hybridform, die uralte Vorstellungen und Motive verwendet, um mittels ihrer über Menschenwesen und die Welt nachzudenken. Sowohl die Kunstmärchen der deutschen Romantik als auch die bewußt scherzhaften höfischen Erzählungen französischer Damen des 17. Jahrhunderts wissen das neue Denken ihrer Zeit mit der alten Faszination von Wald und Schloß, Teufel und Hexe, Verschwinden und Verwandlung, Verlust und Wiederherstellung zu verbinden.

Das Märchen verleiht formlosen Ängsten, Schrecken und Begierden Form und Zusammenhang. Ein Märchen- oder Mythenmotiv – Aschenbrödel oder Ödipus – im Durcheinander eines gelebten oder betrachteten Lebens wiederzuerkennen, bedeutet Vergnügen und ein Gefühl der Sicherheit ebenso wie den Eindruck – oder die Illusion – von Weisheit. Dennoch hat sich mir die Reaktion von Doris Lessings Heldin Anna Wulf im *Goldenen Notizbuch* auf die Freude ihres Analytikers, wenn sie Hänsel und Gretel oder die kleine Meerjungfrau in ihrem eigenen Leben oder in ihren Träumen »wiedererkennt«, als Mahnung eingeprägt: Lessing und ihre Heldin verweigern sich dem Vergnügen an solchen Mustern, dem sie die Mühsal der Erkenntnis vorziehen, daß der Wirrwarr in ihrem wirklichen Leben genau das bleibt: Wirrwarr, Konflikt. Märchen heilen nicht, aber sie sind notwendig, sie erfreuen und schaffen ein Gefühl der Zusammengehörigkeit.

Meine eigenen Märchen schreibe ich in erster Linie um des Vergnügens willen, diese andere Welt zu betreten, die eine Welt imaginärer Äpfel und Waldwege ist, grüner und dunkler als jene, denen wir im Alltagsleben begegnen, eine Welt wirkmächtiger Tiere und eines guten Ausgangs. Aber da es moderne Kunstmärchen sind, spielen sie ganz bewußt mit dem postmodernen Verwenden und Verändern alter Formen. In *Besessen* kommen mehrere Märchen vor; zwei davon sind im vorliegenden Band abgedruckt. Nicht abgedruckt ist das Märchen von der *Schwelle*, in dem die Geschichte vom Rittersmann, der zwischen drei Frauen und drei Gaben wählen muß, die

Geschichte von der Wahl des Paris oder die des Bassanio im *Kaufmann von Venedig* aufs neue erzählt wird. Ich habe mich beim Schreiben sehr bewußt an Freuds Interpretation dieses Motivs in seinem Essay über die »Kästchenwahl« orientiert, in dem er die drei Frauen als Mutter eines Mannes, als dessen Frau und als den Tod deutet. Die schlichte Erzählung habe ich mit Bildern von Sonne, Mond und Sternen, von Leben, Sexualität und Dunkelheit angereichert, und erzählen ließ ich sie von meiner Heldin Christabel, die genau wie ich nie verstehen konnte, warum Paris sich nicht für Athene und die Weisheit entschieden hat statt für die dümmliche Aphrodite mit ihrer Liebesfalle, und die ihre Leser in schelmisch weiblich-viktorianischem Ton zu bedenken ermahnt, daß es besser gewesen wäre, die sonnengleiche Dame zu wählen, obwohl der Jüngling die mondgleiche begehrte und die Geschichte ihm die dritte bestimmte.

Auch die Geschichte vom *gläsernen Sarg* wird von Christabel erzählt, und diesmal ist der Ton geprägt von der ein wenig bemühten Schalkhaftigkeit, mit der eine viktorianische Frau zu Kindern spricht. Diese Geschichte entstand anders als die von der »Kästchenwahl«. Ich wollte mit ihr eine Würdigung der Brüder Grimm verfassen und der Kraft, mit der ihre Märchen in unseren Geist eindringen und dort leben. Ich las die von ihnen gesammelten *Kinder- und Hausmärchen* (auf deutsch) durch und bastelte aus allen Motiven, die mich besonders bewegten und fesselten, eine Art Puzzle. Bei der Auswahl ließ ich mich vom Instinkt leiten – schon seit frühester Kindheit hat mich die Vorstellung vom gläsernen Sarg fasziniert, den ich zuerst in *Schneewittchen* kennenlernte, Schrecken und Entzücken des Stillstands aller Lebensfunktionen, des Todes im Leben oder Lebens im Tod. Aus Gründen, die ich nur andeutungsweise verstehe, bin ich von Glas fasziniert – vom gläsernen Berg, von Glassplittern, dem Wechselspiel zwischen Glas, Feuer und Eis –, und diese Obsession bezieht ihre Kraft daraus, daß sie Teil der Kultur ist, in die ich hineingeboren bin, denn gläserne Särge haben Generationen europäischer Kinder beschäftigt. Die anderen Elemente – den Wald (ein deutsches Phänomen, das die Phantasie der Briten jedoch auch beschäftigt und bei ihnen zum Ur-Wald wird, gebüschreicher und unwegsamer), die sprechenden Tiere, den kleinen grauen Mann, den Zauberer und die unterirdische Reise – habe ich ausgesucht, weil sie mich mehr verlockten als andere nicht weniger eindrückliche Grimmsche

Motive; ich wählte sie instinktiv und gestaltete sie neu, wie Märchenerzähler es früher getan haben müssen. Mein – und Christabels – Held, das Schneiderlein, war jemand mit einem Beruf, mit einem Handwerk, das er ausüben wollte, und der sich in einer Geschichte wiederfand, in der es nicht um Handwerk ging, sondern um Heldentum, nicht um die Freiheit, der eigenen Arbeit nachzugehen, sondern um Heirat und wallendes goldenes Haar und ein Schloß. Die persönliche Note in dieser Geschichte, eine feministische Note des 19. und 20. Jahrhunderts, besteht in dem Eindruck, daß die bevorstehende Heirat, das Erretten der Heldin und ihres Hauses aus der gläsernen Gefangenschaft geringer zu schätzen sei als die Freiheit, sich im Wald zu ergehen und zu arbeiten. Vor kurzem habe ich eine Reihe Gespräche mit einer Psychoanalytikerin über Literatur von Frauen geführt – von Jane Austen bis Toni Morrison –, und dabei haben wir festgestellt, daß eines der wichtigsten Themen vielleicht das der Furcht vor dem Heiraten und vor Häusern als Falle und als Sackgasse war und ist.

Godes Geschichte stammt ebenfalls aus *Besessen*; darin habe ich versucht, mich einer ganz anderen Tradition als der der Grimmschen Märchen anzunähern, nämlich den keltischen und bretonischen Mythen, Legenden und Geistergeschichten, die man sich dort von alters her im dunklen Monat November und im sehr dunklen Monat Dezember rund um den häuslichen Herd erzählt. Die Erzählerin, die Kinderfrau Gode, habe ich ohne viel Federlesens bei Renans Beschreibung seiner Kindheit in der Bretagne und seiner alten Kinderfrau mit Namen Gode entlehnt. Viel verdanke ich dem bretonischen Forscher Jean Markale und Legendensammlungen des 19. Jahrhunderts – Markale schildert das Leben in der Bretagne, aus dem die Geschichten entstehen, und die karge, nebelverhangene und meerumgürtete Landschaft, die sie gebildet hat. Bretonische Märchen und Legenden sind eingefärbt von der Vorstellung, daß eine unsichtbare Welt die sichtbare begrenzt und sich mit ihr überschneidet, ein Paradiesgarten, den man am Grund eines Brunnens erblicken kann, eine Heimstatt der Toten jenseits der stürmischen Wogen der Baie des Trépassés, eine versunkene Stadt am Meeresgrund mit Kirchtürmen und verstummten Glocken. Oftmals entsteht eine Geschichte aus einem Satz; mein Grimm-Märchen entstand aus dem Vergnügen am Bild und am Klang der Worte vom gläsernen Sarg, und mein französisches Märchen nistete sich in meinem Gehirn in eben dem Augenblick ein, als ich zum erstenmal die gewaltigen, finsteren Brecher der Baie des Trépassés erblickte.

Aber *Godes Geschichte* hat noch mehr Aspekte. Sie enthält eine fiktive bretonische Version eines übergreifenden literarischen Motivs des 19. Jahrhunderts, des Motivs der Mutter, die ihr Neugeborenes tötet wie in der Geschichte von Faust und Gretchen oder in Wordsworths berühmter Ballade *The Thorn*, in der die Wahnsinnige unter dem krummen Baum sitzt – ein Kunstwerk, das auf den ersten Blick schlicht und ein bißchen töricht erscheinen mag und erschreckend sein kann, wenn man es plötzlich in all seiner Gewalt begreift. In *Adam Bede* hat George Eliot ein Erlebnis ihrer methodistischen Tante, die eine Kindsmörderin zum Schafott begleitet hatte – eine realistische, wahre, anekdotische Geschichte –, mit Eindrücken aus *Faust* und Wordsworths Ballade verwoben und so etwas Schlichtes und Schreckliches geschaffen. Ich wollte das ungekünstelte Entsetzen, das Eliot vorgeschwebt hatte, anklingen lassen, ich wollte die Geschichte in einer neuen und alten Form erzählen. Und ich wollte dabei in einer sehr modernen Detektivgeschichte, die in meinem postmodernen Roman unter Wissenschaftlern spielt, einen versteckten Schlüssel unterbringen.

Die Geschichte von der ältesten Prinzessin betrachte ich als englisches Märchen mit einem gewissen englischen Humor, den nicht zu sehr zu betonen ich bemüht war, da zuviel Humor alles Geheimnis zerstört, doch das Märchen besitzt eine Trockenheit und Skurrilität, die ich sehr englisch finde. Es entstand als Auftragsarbeit für zwei englische Lektoren, die Autoren gebeten hatten, für eine neue Erzählsammlung »das Märchen ihres eigenen Lebens« zu schreiben. Ich bin eine älteste Tochter, und als Kind litt ich unter dem ausgeprägten Gefühl der Ungerechtigkeit, daß in Geschichten von drei Brüdern oder Schwestern immer das jüngste Geschwister den Preis erringt, so, als sei der Umstand, ältestes Kind zu sein, mit dem Geschick verknüpft, zu versagen und überholt zu werden. Deshalb schrieb ich ein Märchen mit einer Frau, die absichtlich den Pfad der Geschichte, in der sie gefangen war, verließ und sich in den Wald aufmachte, wo sie Tiere rettete, die wiederum sie der eigenen Rettung zuführten, welche im Erzählen als einer Lebensweise besteht. Wie das Schneiderlein mißtraut sie der Liebe und ihren Happy-Ends, doch die alte Frau verrät ihr, daß dieses

Mißtrauen nur den Wunsch ausdrückt, sich die Freiheit zu bewahren. Es ist ein ganz leicht feministisch angehauchtes und auch ein ganz diskret ökologisch gefärbtes Märchen – der Himmel verändert die Farbe, Kakerlaken überleben, Menschen verwunden die anderen Kreaturen –, aber es weist uns keine bestimmte oder eingängige Moral; ich habe mich mit wacher Neugier vom Faden meiner Gefühle leiten lassen.
Auch aufdringliche Morallehren zerstören alles Geheimnisvolle am Märchen. Heldinnen englischer Märchen tendieren jedoch zu einem gewissen Maß an gesundem Menschenverstand und Vorsicht – man denke nur an Alice! –, und so kommt mir das Verhalten meiner Prinzessin alles in allem recht englisch vor.
Der Schein trügt ist ebenfalls ein englisches Märchen, ein didaktisches Märchen im Stil des 19. Jahrhunderts mit Anklängen an religiöse Allegorien und mit sentimentalen Einschüben – was heißt, daß es zu einem Typus von Märchen gehört, den ich weniger liebe als die Märchen der Grimms, Perraults oder Malorys. Wie die Märchen aus *Besessen* ist es eine Erzählung innerhalb einer Erzählung und Bestandteil letzterer. Die Erzählerin, Matty Crompton, will, daß der Insektenforscher William Adamson *sie sieht,*

sieht, daß sie nicht ist, was sie zu sein scheint, die farblose, geschlechtslose, ältliche abhängige Verwandte der Alabasters, deren schöne Tochter Eugenia er geheiratet hat. Es gibt einen weitverbreiteten Glauben, so hartnäckig, daß er inzwischen ein Klischee, ein Stereotyp geworden ist, demzufolge Märchen die Domäne mißachteter oder vernachlässigter Frauen und ihres Wissens seien, und ich und Matty als zwei unerschütterliche und kluge Frauen benutzen dieses Stereotyp in dieser Geschichte. (Es ist auch nicht wirklich wahr, denn viele der folgenreichsten Märchen des 19. Jahrhunderts wurden von Männern ersonnen, von Andersen, Andrew Lang, George MacDonald und – sogar – Lewis Carroll.) In *Darwin's Plots* von Gillian Beer gibt es ein ausgezeichnetes Kapitel über den Sachverhalt, daß viktorianische Autoren wie beispielsweise Charles Kingsley die Entdeckungen der Naturforscher nutzten, um neue Mythen und Figuren entstehen zu lassen – die *Water Babies* verdanken sich unter anderem den neuen Kenntnissen der Lebensstadien von Insekten als Larve, Puppe und Imago. Wie mein deutsches und mein französisches Märchen begann auch diese Geschichte mit einem sinnlichen Bildeindruck und der Faszination eines Wortes. Die Keimzelle von

Mattys Geschichte war der Anblick zweier Raupen – wandelnde Metaphern –, die sich als Drachen gebärdeten und furchterregende Masken trugen und denen Linné obendrein mythologische Namen gegeben hatte. Die eine sah aus wie ein Schweineschnäuzchen und war von Linné »Elpenor« getauft worden, nach dem Gefährten des Odysseus, den Circe in ein Schwein verwandelt hatte – und darum herum webte Matty oder ich ein Zaubermärchen mit einer bösen Schäferin, die sowohl an Circe als auch an Marie-Antoinette erinnerte (und auch etwas mit der »bezaubernden« Eugenia zu tun hatte, die William Adamson den Kopf verdreht hatte, wobei wir nicht vergessen dürfen, daß der Held in Mattys Geschichte Seth heißt, genau wie Adams jüngster Sohn). Der didaktische Aufbau des Märchens mit seinen etymologischen Winken und den entomologischen Informationen über Leben und Metamorphosen der Schmetterlinge gefiel mir gut, aber wie es sich für ein viktorianisches Märchen gehört, begann das Mythische ein Eigenleben zu führen, und ich kam in Teufels Küche mit den Sphingidae, den Schwärmern, zu denen der Totenkopfschwärmer gehört, entdeckte außerhalb des umzäunten Gartens eine ehrfurchtgebietende weibliche Gottheit, die Sphinx oder Art oder Mutter Natur – jene weibliche Kraft, die Darwin laut Gillian Beer nur unter Mühen *nicht* als Göttin betrachtet hat. Eugenia stand bereits in Beziehung zu Morpho eugenia, dem schönen Schmetterling aus Amazonien, und Matty wurde nun in Beziehung zu den dunklen, rätselhaften Nachtfaltern, den Sphingidae, gebracht. *Morpho* – anmutig – ist wiederum einer der Namen Aphrodites, und die Sphinx ist mit den Göttinnen der Weisheit verwandt, so daß ich die »Kästchenwahl« unversehens in unerwarteter Form wieder vor mir hatte.

Formal ähneln meine Geschichten den *Water Babies* und *Alice* ein wenig; wie diese besitzen sie eine straffe intellektuelle Struktur, um die sich der Leser nicht zu scheren braucht, wenn er nicht will. Geschichten dieser Art wurden im 19. Jahrhundert oft genug von der Schwere ihrer Bedeutung oder dem unerbittlichen Ernst des Erzählers erdrückt, aber wenn das nicht der Fall war, konnten sie zu dauerhaften Mythen werden.

Drachenodem war eine Auftragsarbeit wie die *Geschichte von der ältesten Prinzessin* – hier für eine holländische Theatertruppe, die Geschichten in Theatern in ganz Europa zugunsten von Sarajevo vorlesen ließ. Man bat mich nur um eine »Geschichte«. Es schien mir naheliegend, ein Märchen zu schreiben, weil Märchen zu meiner tiefverwurzelten Identität als Europäerin gehören, zum Fundus der europäischen Kultur, von deren Existenz ich überzeugt bin – und weil ein Märchen mir als beste und geziemendste Möglichkeit erscheint, sich von außen dem Terror dessen zu nähern, was in Sarajevo geschieht. Ich suchte nach einer Form für Angst und Dummheit und fand die älteste überhaupt, den Drachen, der in alten Erzählungen Wurm heißt, was die Furcht vor ihm mit der vor Tod und Verwesung verbindet, über die Furcht vor Feuer und Zermalmen hinaus. Ich las Tieck, als ich zu schreiben begann, und ich hätte gerne etwas geschrieben, was gnomisch und auf genaue Weise ungenau sein sollte wie bei Kafka – was mir nicht gelungen ist; mir scheint, daß ich erst noch einen Weg ersinnen muß, um ein Märchen schreiben zu können, das sich an Kafka anlehnt. Aber als ich zu überlegen versuchte, was das *Gegenteil* von Furcht sein könnte, das Gegenteil des Schreckens, der größten Not, da fiel mir die Langeweile ein, die für ein wohlbehütetes Kind oder eine Frau in einer friedlichen Kultur einen schrecklichen Dämon darstellen kann, eine gewundene Schlange – und die angesichts von Panzern und Bomben oder herankriechenden Lindwürmern als das verkannte und nun verlorene Paradies erscheinen mag. Ich wollte von Menschen schreiben, die sich von der Langeweile des Friedens gefangen wähnen und in Wahrheit Gefangene der Zerstörung sind – und die Überbleibsel ihrer Welt und ihrer Kultur in den Ruinen wiederentdecken und mit neuem Blick sehen. Wie in den anderen Märchen waren das Wesentliche die menschlichen Fertigkeiten, die Arbeit, das Weben und die Fürsorge den Tieren gegenüber. Das Haus, das als Gefängnis erschienen war, hatte eine neue Bedeutung nach der Zerstörung. Nicht, daß es das Gefängnis nicht war: Die Langeweile wird zum Dämon, wo sie blüht und wächst. Langeweile ist der Dämon, vor dem mich als Kind Märchen retteten, in den Kriegszeiten und Friedenszeiten, in denen ich aufwuchs. In gewisser Weise bedeuten die schwerfälligen, unbeirrbaren Lindwürmer sowohl die Langeweile als auch die Angst vor drohender Zerstörung – und die Geschichte läßt sich so deuten, daß beides vorübergehen kann, doch nicht ohne schwerwiegende Folgen.

Meine Märchen sind insofern postmodern, als sie über das Erzählen an sich und über ihr eigenes Erzählen im besonderen nachdenken. Erzählen ist in ihnen Ziel und Mittel zugleich; die Heldinnen sind Erzählerinnen – nicht nur die alte Frau und die älteste Prinzessin, die die Geschöpfe mit einer Märchenversion von Freuds Gesprächstherapie heilen, auch die jüngste Prinzessin, die von der alten Frau einen Faden geschenkt bekommt, der sie aus dem Garten führt. Auch das Weben und Wirken entspricht der Kunst des Erzählens – das Schneiderlein näht, und Eva in *Drachenodem* wirkt Teppiche. Meine Erzählerinnen – Gode, Christabel, Matty und Mattys Figur Miss Mouffet – sind sich ihrer selbst bewußte Erzähler. Doch während postmodernes und selbstreflexives Erzählen oft Gefahr läuft, zu demonstrieren, daß alles Erzählen zweidimensional und papieren ist, daß alle Motive auswechselbar sind, glaube und hoffe ich bewiesen zu haben, daß die Geschichte stets stärker ist als derjenige, der sie erzählt. »Glauben Sie nie dem Erzähler, glauben Sie der Geschichte«, hat D. H. Lawrence gesagt, und diese Worte stimmen mit dem überein, was Leser im Inneren empfinden. Ich bin zutiefst davon überzeugt, daß die Phantasie des Menschen zu bearbeiten, zu beleben, zu berühren, zu fühlen und zu schmecken beginnt, sobald sie eine beliebige Szene, zwei beliebige Menschen, Liebe, Furcht vor sich hat. Märchen treffen auf einfachste und machtvollste Weise die Phantasie der Leser und Hörer, die alte, und teilweise bekannte, und neue, und teilweise unbekannte, Welten schaffen und wiedererschaffen. Hauptberufliche Märchenerzähler – ein Beruf, der in Großbritannien floriert –, sind der Ansicht, daß die mündliche Tradition stärker ist als die schriftliche, daß Geschichtenerzählen darin bestehen muß, die alten und bekannten Märchen wiederzuerzählen – die der Brüder Grimm oder das Gilgameschepos – und daß die neuen individuellen Erkenntnisse des Kunstmärchens dem nicht gewachsen sind. Diese Überzeugung teile ich nicht, doch ich glaube, daß das, was im Neuen alt ist, dem Neuen Kraft verleiht – daß Wälder und Drachen Welten heraufbeschwören, die es uns ermöglichen, über unsere eigenen Geschichten und Lebensgeschichten nachzudenken. Welten zu erfinden ist für den Menschen so natürlich und notwendig wie das Atmen und das Schlafen.

A. S. Byatt

Textnachweise

Die Geschichte von der ältesten Prinzessin (The Story of the Eldest Princess), aus: »Der verliebte Dschinn« (The Djinn in the Nightingale's Eye), Insel Verlag Frankfurt am Main und Leipzig 1995.
Der gläserne Sarg (The Glass Coffin), aus: »Besessen« (Possession), Insel Verlag Frankfurt am Main und Leipzig 1993.
Godes Geschichte (Gode's Story), aus: »Besessen«
Der Schein trügt (Things Are Not What They Seem), aus: »Morpho Eugenia«, Insel Verlag Frankfurt am Main und Leipzig 1994.
Drachenodem (Dragons' Breath), aus: »Der verliebte Dschinn«.

Zu dieser Ausgabe

insel taschenbuch 2389: Die vorliegende Ausgabe folgt dem Band der Insel-Bücherei Nr. 1156: Antonia S. Byatt, Die Geschichte von der ältesten Prinzessin und andere Märchen. Aus dem Englischen von Melanie Walz.
Umschlagabbildung: Dante Gabriel Rossetti, *The Beloved*, 1865/6. Tate Gallery, London.